歡喜念歌詩 3 ·河洛語

小蚼蟻會寫詩

歡喜念歌詩 **3**

河洛語

小蚼蟻會寫詩

序 ◎馬英九 .... (1)

編輯大意 .... (4)

河洛語聲調及發音練習 .... (17)

河洛語羅馬字母及台灣語言音標對照表 .... (22)

編輯室札記 .... (24)

主題十一 我有真濟好朋友（學校）

壹 本文

一、去學校 2

二、朋友 4

三、相看 7

四、老師真疼我 9

五、阿富畫圖 11

六、撈樓仔 13

七、學飛 16

貳 親子篇 —— 去讀冊

.... 19

參 補充參考資料

.... 21

主題十二 辦公伙仔（遊戲與健康）

壹 本文

一、疊柴角仔.............................. 30

二、跳舞機.............................. 33

三、A. 歕雞胿仔.............................. 37

　　B. 雞胿.............................. 40

四、排火車.............................. 43

五、辦公伙仔.............................. 45

貳 親子篇 ——唱歌顛倒反.................. 48

參 補充參考資料.................. 50

主題十三 小蚼蟻會寫詩（美感與創造）

壹 本文

一、童話冊.............................. 62

二、畫圖.............................. 65

三、小蚼蟻會寫詩.............................. 67

四、表演 畫展.............................. 70

五、音樂家 厝鳥仔.............................. 72

貳 親子篇 ——我的房間.................. 75

參 補充參考資料.................. 77

主題十四　這隻兔仔（數的認知）

壹 本文

　一、一條歌............................84

　二、阿標............................87

　三、這隻兔仔........................90

　四、攏是頭..........................93

　五、硞叩馬..........................96

　六、走相逐..........................99

　七、一尾魚.........................102

貳 親子篇 —— 嬰嬰睏.................104

參 補充參考資料....................106

主題十五　阿英彈鋼琴（音感學習）

壹 本文

　一、阮哪號做狗？...................118

　二、即呢好聽.......................121

　三、刷刷刷.........................123

　四、貓咪喵喵喵.....................126

　五、喇叭...........................129

　六、電話...........................132

　七、動物的叫聲.....................135

貳 親子篇 —— 啥人在叫.............138

參 補充參考資料...................140

　♪ 光碟曲目對照表..................146

序

　　語言，不論是外語或方言，都是一扇窗，也是一座橋，它開啓我們新的視野，也聯結不同的族群與文化。

　　河洛語是中國方言的一種，使用的地區除了福建、台灣之外，還包括廣大的海外地區，例如東南亞的菲律賓、泰國、馬來西亞、印尼、新加坡、汶萊，以及美國、加拿大、澳洲、紐西蘭、與歐洲、中南美洲的台僑社區。根據格萊姆絲（Barbara F. Grimes）女士在2000年所著的民族語言（Ethnologue, 14 ed.）一書中估計，全球以河洛語作母語的使用者有四千五百萬人，國內學者估計更高達六千萬人。今年九月，美國哈佛大學的東亞系首開西方大學風氣之先，邀請台灣語言學家與詩人李勤岸博士開授河洛語課程；河洛語的普及與受重視的程度，乃達到歷史的新高。

　　我是一個所謂「外省第二代」的台灣人（用最時髦的話說，是「新台灣人」的第一代），從小在台北最古老、最本土的萬華（艋舺）長大，居住的大雜院不是眷村，但是幾乎全部是外省人，我的母語並不是國語，而是湖南（長沙）話，平常跟河洛語雖有接觸，但是並不深入，因此一直說得不流利。我的小學（女師附小）、初中（大安初中）、高中（建國中學）、大學（台大），都是在台北市念的，同學之間大都說國語，很少有說河洛語的機會，在語言的學習上，自然是跟隨社會上的大潮流走─重視國語與外語。大學畢業後，服兵役在南部的左營，本該有不少機會，但是軍中不准講河洛

語，只有在當伙委去市場買菜，或假日到高雄、屏東遊玩的時候，才有機會講講。退伍後立即出國留學，接觸機會又變少了，一直到二十年前回國服務，才再恢復對河洛語的接觸。

　　我開始跟方南強老師正式學河洛語，是一九九六年九月，當時不再擔任部會首長，比較有時間、有系統地學習河洛語，但是每週也只有二個小時。次年辭卸公職，回政大法律系教書，一年後參選並當選台北市長，每週一次的河洛語課一直未中斷。這五年來，我的河洛語有了不少的進步，一直有一個心願，就是為下一代打造一個可以方便學習各種母語的環境，以縮短不同族群背景市民間的距離。

　　我的第一步，是在台北市的幼稚園教唱河洛語歌謠與簡單的會話，先從培訓師資開始，在八十八年的暑假開了十八班，幼稚園的老師們反應熱烈，參加的老師達五百四十人。當年九月，台北市四百十一所幼稚園全面開始教河洛語歌謠與會話，八個月後，二五七位托兒所的老師也完成了講習，河洛語的教學乃擴張到六百零二家托兒所，可謂盛況空前。這本書，就是當時教育局委託一群河洛語學者專家（包括方老師）所撰寫的教本，出版當時只印了兩千本，很快就用光了，外縣市索取者眾，實在供不應求。最後決定在教育局的支持下，由作者委託正中書局和遠流出版公司聯合出版。

　　這本書內容淺顯而豐富，既有傳統教材中鄉土的內涵，也有現代生活中的特色。此外，設計精美的詩歌讀本，更能吸引學生興趣並幫助學生的記憶，可說是一大創舉。我對這本書有如下的期望：

—讓不會說河洛語的孩子能跟他們的父母、阿公阿媽更有效的溝通，增進親子關係；

—讓不會說河洛語的外省、客家、原住民孩子能聽、能講河洛語，增進族群和諧；

—讓河洛語推陳出新，納入更多現代生活的內涵。

　　台灣人的母語當然不只有河洛語，客語及原住民語也應該學習。今年九月，全國的國民小學開始實施九年一貫課程，教育部要求小一學生必須在河洛語、客語及原住民語這三種母語中，選擇一種。台北市的要求，則是除了必選一種之外，對於其他兩種母語，也要學習至少一百句日常用語或若干歌謠，這樣才能避免只選修一種可能帶來的副作用。這一種作法，我曾跟教育部曾志朗部長交換意見，也獲得他的支持。相關的教材，都在編撰出版中。

　　族群和諧是台灣人必走之路，語言的學習則是促進和諧、帶動進步最有效的方法。希望這一本書的出版，能為這一條必走之路，跨出一大步。

馬英九

民國九十年十月五日

編輯大意

一、教材發展的目的和意義

　　幼稚園的鄉土教育由來已久，由於學前階段的課程是開放的，不受部定教材的規定，時間上也非常自由，沒有進度的限制，實在是教育者實現教育理念的沃土，其中鄉土教育也隨著文化保留的世界潮流而受到重視，成為課程中重要的部分。

　　母語是鄉土教育的一環，到今天母語的提倡已不再是意識型態的問題了，而是基於文化傳承和尊重每一個文化的觀點。今天母語要在幼稚園開放，並且編寫教材，使幼兒對鄉土有較深入的接觸，可以培養出有包容力的情懷，和適應多元社會的能力。

　　但是，母語教材如何在一個開放的教育環境內使用，而仍能保持開放的原則？這是大家所關心的，基於此，在教材的設計、編排上有異於國小。在功能上期望能做到：

　　㈠ 營造幼兒河洛語的學習環境。

　　㈡ 成為幼兒河洛語文化探索的資源之一。

　　綜合上述說明，歸納教材發展的意義如下：

　　㈠ 尊重多元文化價值。

　　㈡ 延續河洛語系文化。

　　㈢ 幼兒成為有包容力的現代國民。

　　㈣ 幼兒發展適應多元化社會的能力。

二、教材特色

這套教材無論在架構體系上，內容上的規畫，創作方式上及編排的形式上都有明顯的風格和特色。如架構體系的人文主義色彩，教材的生活化、創作的趣味化和啓發性以及應用上的彈性和統合性等，現分述如下：

㈠ 人文化：

本套教材不僅考慮多元的教學法使用之方便，而設計成與眾不同的裝訂方式，而且內容也以幼兒爲中心，配合全人教育的理念，在河洛語系文化中探索自我及個人與他人、個人與社區鄉里、個人與民族、個人與世界，乃至於個人與大自然的關係，使語言學習成爲全人教育的一環。這是由五位童詩作家主筆的，所以都是詩歌體，他們在創作時，時時以幼兒爲念，從幼兒的角度出發，並將幼兒與文化、環境密切結合。

㈡ 生活化：

幼兒學習自經驗開始才能達到學習效果，母語學習與生活結合，便是從經驗開始，使生活成爲學習母語的眞實情境，也使學習母語成爲文化的深度探索。語言即文化，文化即生活，深入生活才能學好語言。這些童語，有濃厚的鄉土味，取材自鄉土文化，讓人有親切感。同時這是台北市所編寫的教材，自然也以台北市爲背景，在創作時是以都會區幼兒的生活實況和需要爲基礎的。因此也會反映生活的現代面，譬如適切使用青少年的流行語言，使教材兼具現代感，讓幼兒學到傳統的，同時也是現代的河洛

語，使河洛語成爲活的語言，呈現新的風貌。

㈢ 趣味化：

爲了引起幼兒對學母語的興趣，教材無論在內容上、音韻上均充滿童趣。教材雖然以詩爲主，但是大多的詩是生活化的白話語句，加上音韻，目的使幼兒發生興趣，而且容易學到日常語言，尤其是一些較難的名稱。此外，內容有「寓教於樂」的效果，而沒有明顯的說教，或生硬的、直接的表達，使之念起來舒暢、聽起來悅耳，幼兒樂於念誦。此外，詩歌的呈現方式有創新的改變，其一，將詩中的名詞以圖象表現，使詩歌圖文並茂；其二，詩歌的排列打破傳統方式，採用不同形狀的曲線。如此使課文的畫面活潑生動而有趣，並增加了閱讀時的視覺動感。

㈣ 啓發性：

啓發來自間接的「暗示作用」。教材中充滿了含蓄的意義，發人省思。此外，這些白話詩大多數是有很明顯的故事性。凡此均能使親師領會後引導幼兒創造延伸，並充分思維，透過團體互動，幼兒的思維、感受更加豐富而深入。教師可應用其他資源，如傳說、故事書、神話等加以延伸。此外，有啓發性的教材會引發多方面的活動，增加了教材的應用性。

㈤ 統合性：

雖然母語教材以單一的形式呈現，但其內容有統合的功用。多數的詩文認知性很強，譬如教幼兒某些物件的名稱、功能等，但由於其間有比喻、擬人化，又有音韻，它就不只是認知性的了，它激發了幼兒的想像力，提供了創造的空間，並使幼兒感受到詩辭的優美，音韻的節奏感而有延伸的可能。詩文延伸成音、律活動、藝術性活動，而成爲統合性的教材。

㈥ 適用性：

1. 適用於多元的教學方式

   幼稚園教學種類並非統一的，從最傳統到最開放，有各家各派的教學法，所以在編排時要考慮到人人能用，並不專爲某種教學法而設計。

2. 適用於較多年齡層

   本教材不爲公立幼稚園一個年齡層而設計，而考慮多年齡層，或分齡或混齡編班均可使用。所以編排不以年齡爲其順序。教材提供了選擇的可能性。較大年齡層要加強「應用」面，以發揮教材的深度和彈性，這便取決於教師的使用了。

3. 彈性與人性化，這是一套反映幼兒文化的教材，在時間與預算的許可下，內容應該繼續充實。這活頁的裝訂方式不但便於平日抽用，更便於日後的增編、修訂，發展空間無限。

4. 本書另附有(1)簡易羅馬拼音發音介紹及練習(2)羅馬音標及台灣河洛語音標對照表方便查考使用。

三、內容結構

　　全套共有二十六個主題（詳見目錄），分別由童詩作家，河洛語專家執筆，就各主題創作或收集民間童謠，彙集而成。這二十六個主題分爲五篇，依序由個人擴充到同儕及學校生活、家庭與日常生活、社區及多元文化，乃至於大自然與環境。每篇、每個主題及每首詩及所有配合的教學活動均爲獨立使用而設計的，不以難易的順序編排，每個主題包含數首童詩。

㈠ 個人：以 [乖囝仔] 爲主題包括——

1. [眞伶俐] （我是好寶寶）

2. [心肝仔] （身體）

3. [平安上歡喜] （安全）

4. [身軀愛清氣] （衛生保健）

㈡ 家庭與日常生活：以 [阮兜] 爲主題包括——

1. [嬰仔搖] （甜蜜的家）

2. [媽媽披衫我幫忙] （衣服）

3. [枝仔冰] （家常食物）

4. [瓜子　果子] （常吃的蔬果）

5. [阿珠仔愛照鏡] （日用品）

6. [電腦及鳥鼠仔] （科技生活）

㈢ 同儕與學校生活：以 [好朋友] 爲主題包括——

1. [我有眞濟好朋友] （學校）

2. [辦公伙仔] （遊戲與健康）

3. [小蚼蟻會寫詩] （美感與創造）

4. [這隻兔仔] （數的認知）

5. [阿英彈鋼琴] （音感學習）

㈣ 社區及多元文化：以 [好厝邊] 爲主題包括——

1. [好厝邊] （社區）

2. [一路駛到台北市] （交通）

3. [廟前弄龍] （節日習俗）

4. [囝仔兄，坐牛車] （鄉土風情）

5. [咱是一家人] （不同的朋友）

(五) 大自然與環境：以〔溪水會唱歌〕為主題包括——

1. 〔落大雨〕（天氣）
2. 〔寒天哪會即呢寒？〕（季節）
3. 〔火金姑〕（小動物）
4. 〔小雞公愛唱歌〕（禽畜）
5. 〔見笑草〕（植物）
6. 〔溪水會唱歌〕（環境保育）

四、編輯形式

整套教材共分三部分：親師手冊（歡喜念歌詩第一至五冊）、輔助性教具ＣＤ片及詩歌讀本，未來要發展的錄影帶等。

每篇一冊共五冊，兼具親師教學及進修兩種功用。

1. 親師手冊內容分：學習重點、應用範圍、童詩本文及註解、配合活動（及其涉及的學習與發展和教學資源）、補充資料、及其他參考文獻。

2. 「學習重點」即一般之教學目標，本教材以「學習者」為中心，親師要從幼兒學習的角度去思考，故改為「學習重點」。由編輯教師撰寫。

3. 在「童詩註解」中附有注音，由童詩作家及河洛語專家撰寫。

4. 在「配合活動」中提出所需資源並詳述活動過程，使親師使用時能舉一反三。學習重點、應用範圍、及配合活動由教師撰寫。

5. 「相關學習」：是指一個活動所涉及的領域和發展兩方面，以「學習」取代「領域」，是爲了使範圍更廣闊些，超越一般固定的領域界線。

6. 「補充資料」：有較難的詩文、諺語、謎語、簡易對話、歌曲、方言差異、異用漢字等，由童詩作家及河洛語專家提供。

五、撰寫方式

本教材所採用的詞語、發音等方面的撰寫，說明如下：

㈠ 使用語言

1. 本文（歌謠）部分採用河洛語漢字爲書面用語。
2. 親師手冊的說明，解釋部份均用國語書寫。另外補充參考資料裏的生活會話、俗諺、謎語等仍以河洛語漢字書寫。

㈡ 注音方式

在河洛語漢字上，均加註河洛語羅馬音標，方便使用者能迅速，正確閱讀，培養查閱工具書的能力。

㈢ 漢字選用標準

用字，以本字爲優先選用標準，如沒有確定之本字，則以兼顧現代社會語言的觀點和實用性及國語的普及性、通用性爲主，兼顧電腦的文書處理方式，來選擇適切用字。另外，具有相容或同類之參考用字，於親師手冊補充資料中同時列舉出來，以供參考。

㈣ 方言差異

1. 方音差異：本書採用漳州音爲主之羅馬音標，但爲呈現歌謠之音韻美，有時漳州、泉州音或或其他方音也交替混合使用。
2. 語詞差異：同義不同說法之用語，在補充參考資料中，盡可能列舉出，俾便參考使用。
3. 外來用語：原則上以和國語相通之用語爲選用標準，並於註解中說明之。

六、應用原則

這是一套學習與補充教材。教師在使用本教材時，宜注意將河洛語的學習和幼兒其他學習活動互相結合，使幼兒學習更加有趣。因此河洛語不是獨立出來的一門學科。學習的過程建議如下：

㈠ 在情境中思維和感覺

語言不是反覆的朗誦和背記，與其他活動結合，使幼兒更能瞭解語言的情境脈絡。誠如道納生 (M. Donaldson) 所說，印地安人認爲「一個美國人今天射殺了六隻熊」這句話是不通順的，原因是這是不可能的事，這是美國人做不到的。因此，語言不再是單純的文法和結構問題，而是需要透過思維掌握情境脈絡，主動詮釋，所以語言需要主動的學習和建構。

建構的過程是帶有感性的。教師在使用圖卡時，可以邀請幼兒一起想一想這張圖、這首詩和自己的生活經驗有何關係？它使你想到了什麼？感覺如何？由此衍生出詩的韻律感、美感。

教師也可以和幼兒根據這些教材編故事，延續發展活動。

㈡ 團體互動中學習

團體可以幫助幼兒學習更爲有效。幼兒透過和他人的互動會習得更豐富的語言，語言本來就在社會人群中學來的！語言學習要先了解情境意義以及說話者的意圖，在學校裡，語言可以經由討論和分享使語辭應用、詮釋更多樣、更廣泛，觀念、意義，經過互動而得以修正，使之更加明確和深入。母語歌謠經過感覺、經驗分享後，也因而產生更多的創造性活動，無論是語言的，或超出語言的！而這是要靠團體互動才容易激發出來的。

㈢ 協助營造學習母語的文化環境

這即是一套輔助教材，應用的方式自然是自由、開放的。

將配有錄音、錄影的教材設置成教室裡的學習區，提供幼兒個別或小組學習。在自由選區的學習時間，幼兒會按照自己的興趣前來學念母語兒歌或童詩，此時幼兒會自動相互教念，教師也要前來指導、協助。教師也在此時對個別需要的幼兒進行個別指導。除了念誦，隨著CD片之播放之外，教師可在教室內的美術區提供彩色筆和畫紙，使有興趣的幼兒使用，將閱讀區的經驗畫下來、或畫圖、或塗符號，自由發揮。目前我們不刻意教寫字或符號，更何況河洛語語音符號尚未統一。專家發現，現行的符號系統太複雜，對幼兒不易，因此在符號沒有達成共識之前，幼稚園仍保持在圖象階段，符號的學習採取開放式。幼兒閱讀的書籍以圖象爲主，符號爲輔；幼兒在自然的情形下學會符號的意義。圖象提供了線索，同時也提供了寬廣的想像空間。幼兒先學會念誦後，在CD片協助下聽音，隨時都可以自然的學習閱讀符號，而不是逐字逐音特定時間教授。其實這種方式才符合幼兒語言學習的原理。

因此藉本教材之助，幼稚園在營造一個母語的文化環境，不是在學校的一隅，而是在每間教室的角落裡，溶入了每天的生活中。我們不能依賴這套教材，教師還需要自行尋求資源，配合單元和主題的需要。教材之外，學校裡要開放母語的使用，在生活中允許幼兒使用自己的語言（在幼稚園裡多可使用方言），以及推行各種方式的母語時間，使母語的學習更爲生活化。

㈣ 教學活動由經驗開始，與教材連結

所有的教學活動都是以幼兒的經驗爲基礎，對母語而言，除了日常生活的會話之外，教學活動中會需要一些教材。因此教材內容也要選取與經驗相關的才是。

但是經驗涉及到直接經驗與間接經驗的問題，幼兒的學習是否一定要限定在直接經驗裡？學習透過直接的操作後，無法避免就會進入書本、各類傳媒，乃至於電腦的資源中，如果幼兒對某個主題有興趣做深入探索的話。如恐龍、沙漠、無尾熊等主題，雖然有些社會資源如博物館、動物園等可以參觀，但是幼兒仍然會超越這個層次，進入資料的探索。

當然了，對某些幼稚園而言，幼兒只停在看得見的社區類主題上，教師帶領也較方便，但對於有閱讀習慣的幼兒而言，一定會要求找資料。自從維高斯基（Vygotsky）提出語言與思維、語言與文化的重要性之後，後皮亞傑的學者們也紛紛提出閱讀的重要。當然，幼兒的閱讀並不是密密麻麻的文字！道納生(M. Donaldson)認爲口語語言不足以幫助兒童做深入的探索，她提出書本的好處：可以使人靜下來深思，可以帶著走，可以使人的思維不受現場的限制而提升思維層次等等，問題是，我們讓幼兒「脫離」現場經驗嗎？

在幼兒的生活及經驗分享中，幼兒的經驗早已超越了親身經驗，教師會發現媒體的比重是很大的！又如當幼兒談及某個主題時，有些幼兒會將看過的書告訴大家，知道的事比老師還多！時代在改變，「經驗」的定義還需要再界定。

因此幼兒學習母語雖從直接經驗開始，過程與直接經驗連結，但不限制在直接經驗裡。對書本類資源如此，對其內容而言也如此，與直接經驗相關，把較不普遍的經驗相關的內容，譬如「節日」、「鄉土風情」等，當作備索的資料，但不主動「灌輸」，只提供略帶挑戰性的方案主題作爲探索素材。

七、使用方法

教材之使用固然取決於教師，教師可以發揮個人的創造性，但爲了使教師瞭解本教材設計、創作的精神、建議使用方法如下：

1. 在每個主題的童詩中，基本上依難易程度抽取五至八首各代表不同年齡層的詩歌設計活動。五位作者所提供的詩歌多半適用於四歲以上幼兒，適用於四歲以下或六歲以上的較少。所以如果是混齡編班的園所，使用這套教材較爲方便，稍難一些的詩歌，在較大幼兒的帶領下，較小幼兒也可以學會。至於四歲以下，甚至三歲以下的小小班，就不適用了，尤其是傳統民間的歌謠，平均較難。

2. 「學習重點」涵蓋知、情、意統整的學習。

其中：

(1)幼兒以河洛語念詩歌。

(2)幼兒喜歡用河洛語念詩歌和溝通。

(3)幼兒將河洛語詩歌中的語詞用於日常溝通。

(4)幼兒表現詩歌的韻律和動感。

此四項爲共同學習重點，在各別主題中不重述。「學習重點」以國語陳述，並且爲了留給教師較多空間因而不採用行爲目標的方式書寫。

3. 所設計之活動爲「配合活動」，亦即配合和輔助一單元或主題的活動。「配合活動」在念誦之前或之後進行，這一點在活動過程說明中不再複述。活動多爲念誦之外的其他發展性和應用性活動，如戲劇、繪畫、身體運動、音律、語文遊戲、創作等。

當然這並不表示活動、童詩不能單獨使用，譬如單獨的運動類、扮演類活動等，亦可成爲日常活動的一部分。而童詩本身在幼兒等待的時間、活動中的銜接時間等，也可以很自然的隨時教他們念誦。

此外，活動是建議性的，只要與原來的主活動能搭配得很自然，詩歌的念誦不一定要有一個活動來配合。

4. 配合活動要充分顯示全人教育、統整性的課程特性，所以每首詩配以一個領域的活動，以原來的主題活動爲中心，配合進去而發展出「統整性」的活動。此外，爲確保達成每一個「學習重點」並使活動設計多元而不致過多的同質性，因而將每一首詩設計成不同領域的活動。但基本上每一首詩都可發展爲語文活動，教師可在某一個領域活動後回歸到語文，譬如詞句的應用和創作活動，或將其他領域延伸成語文活動。

事實上，無論是那種領域，任何一個「配合」活動都至少涉及兩個以上的領域。亦即，無論以哪個領域爲引導，由於是「配合」的，所以加上原來的語文活動，「配合」活動的性質都是統合性的，教師必不會只專注於某個領域上。更何況事實上每個「配合」活動其本身都已涉及了多種領域了。

5. 配合活動之整體過程均儘量以河洛語進行。

6. 「配合活動」要能發揮詩歌的教育性功能，能延伸其含義及拓展學習的內容。譬如詩文中引用的地名、水果、物品，乃至於形容詞、動詞，均可視情況而更換，在活動中擴大幼兒的經驗。

7. 「補充資料」：簡易的對話、謎語是爲教師和幼兒預備的，教師選取簡易的用於幼兒。其他均是給教師的學習教材。

河洛語聲調及發音練習

河洛語八聲調

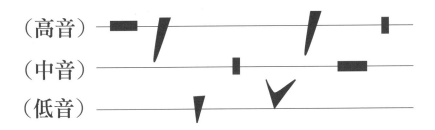

説明：河洛語第一聲，在高音線上，屬高平音，與國語第一聲類似。本書
　　　的羅馬拼音不標符號。

例：獅（sai），風（hong），開（khui），飛（pe），中（tiong），真（
　　chin），師（su），書（chu），千（chheng）。

　　河洛語第二聲，由高音起降到中音線上，不屬平音，與國語第四聲類
　　似。本書羅馬拼音符號由右上斜至左下方向。

例：虎（hó˙），飽（pá），馬（bé），走（cháu），你（lí），九（káu）
　　，海（hái），狗（káu），紙（choá）。

　　河洛語第三聲，在低音線位置，屬低下音，國語無類似音。本書羅馬
　　拼音符號由左上斜至右下方向。

例：豹（pà），氣（khì），四（sì），屁（phùi），臭（chhàu），哭（
　　khàu），愛（ài），布（pò˙），騙（phiàn）。

　　河洛語第五聲，在中低音間，聲往下降至低音再向上揚起，類似國語
　　第三聲，但揚起聲不需太高。本書羅馬拼音符號是倒Ｖ字。

例：熊（hîm），龍（lêng），球（kiû），茶（tê），頭（thâu），油（iû），年（nî），蟲（thâng），人（lâng）。

河洛語第六聲和第二聲音調相同，不需使用。

河洛語第七聲在中音線位置，屬中平音，國語無類似音。本書羅馬拼音符號是一橫線。

例：象（chhiūⁿ），飯（pn̄g），是（sī），大（toā），會（hōe），尿（jiō），萬（bān），重（tāng），路（lō·）。

河洛語第四聲，在中音線位置，屬短促音，即陰入聲，國語無類似音。本書羅馬拼音如有以h、p、t、k中任何一字做爲拼音的尾字，即爲第四聲。第四聲與第一聲相同不標示符號，區分在尾字是否代表短聲（入聲），否則爲第一聲。

例：鴨（ah），七（chhit），筆（pit），角（kak），節（cheh），八（pat），答（tap），汁（chiap），殼（khak）。

河洛語第八聲，在高音線位置，屬高短促音，即陽入聲，國語無類似音。與第四聲相同即字尾有以h、p、t、k者爲入聲字，第四聲、第八聲差異在於第四聲無標號，第八聲羅馬拼音以短直線標示於字母上頭。

例：鹿（lȯk），拾（chȧp），讀（thȧk），力（lȧt），學（hȧk），熱（joȧh），白（pėh），日（jı̍t），賊（chhȧt）。

下面附上河洛語羅馬拼音、國語注音符號河洛語念法簡易對照表，請參考使用：

羅馬拼音：	1. a	ha	sa	pha	tha	kha	
注音符號：	ㄚ	ㄏㄚ	ㄙㄚ	ㄆㄚ	ㄊㄚ	ㄎㄚ	
	2. ai	hai	sai	phai	thai	khai	
	ㄞ	ㄏㄞ	ㄙㄞ	ㄆㄞ	ㄊㄞ	ㄎㄞ	
	3. i	hi	si	phi	thi	khi	
	一	ㄏ一	ㄙ一	ㄆ一	ㄊ一	ㄎ一	
	4. au	hau	sau	phau	thau	khau	
	ㄠ	ㄏㄠ	ㄙㄠ	ㄆㄠ	ㄊㄠ	ㄎㄠ	
	5. u	hu	su	phu	thu	khu	
	ㄨ	ㄏㄨ	ㄙㄨ	ㄆㄨ	ㄊㄨ	ㄎㄨ	
	6. am	ham	sam	tham	kham		
	ㄚㄇ	ㄏㄚㄇ	ㄙㄚㄇ	ㄊㄚㄇ	ㄎㄚㄇ		
	an	han	san	phan	than	khan	
	ㄢ	ㄏㄢ	ㄙㄢ	ㄆㄢ	ㄊㄢ	ㄎㄢ	
	ang	hang	sang	thang	phang	khang	
	ㄤ	ㄏㄤ	ㄙㄤ	ㄊㄤ	ㄆㄤ	ㄎㄤ	
	7. ap	hap	sap	thap	khap		
	ㄚㄅ	ㄏㄚㄅ	ㄙㄚㄅ	ㄊㄚㄅ	ㄎㄚㄅ		
	at	hat	sat	phat	that	khat	
	ㄚㄉ	ㄏㄚㄉ	ㄙㄚㄉ	ㄆㄚㄉ	ㄊㄚㄉ	ㄎㄚㄉ	
	ak	hak	sak	phak	thak	khak	
	ㄚㄍ	ㄏㄚㄍ	ㄙㄚㄍ	ㄆㄚㄍ	ㄊㄚㄍ	ㄎㄚㄍ	
	ah	hah	sah	phah	thah	khah	
	ㄚㄏ	ㄏㄚㄏ	ㄙㄚㄏ	ㄆㄚㄏ	ㄊㄚㄏ	ㄎㄚㄏ	

	8. pa	pai	pi	pau	pu	pan	pang
	ㄅㄚ	ㄅㄞ	ㄅ一	ㄅㄠ	ㄅㄨ	ㄅㄢ	ㄅㄤ
	ta	tai	ti	tau	tu	tam	tan	tang
	ㄉㄚ	ㄉㄞ	ㄉ一	ㄉㄠ	ㄉㄨ	ㄉㄚㄇ	ㄉㄢ	ㄉㄤ
	ka	kai	ki	kau	ku	kam	kan	kang
	ㄍㄚ	ㄍㄞ	ㄍ一	ㄍㄠ	ㄍㄨ	ㄍㄚㄇ	ㄍㄢ	ㄍㄤ

9.

ia	hia	sia	khia	tia	kia		
一ㄚ	ㄏ一ㄚ	ㄙ一ㄚ	ㄎ一ㄚ	ㄉ一ㄚ	ㄍ一ㄚ		
iau	hiau	siau	khiau	tiau	kiau		
一ㄠ	ㄏ一ㄠ	ㄙ一ㄠ	ㄎ一ㄠ	ㄉ一ㄠ	ㄍ一ㄠ		
iu	hiu	siu	phiu	thiu	piu	tiu	kiu
一ㄨ	ㄏ一ㄨ	ㄙ一ㄨ	ㄆ一ㄨ	ㄊ一ㄨ	ㄅ一ㄨ	ㄉ一ㄨ	ㄍ一ㄨ
iam	hiam	siam	thiam	khiam	tiam	kiam	
一ㄚㄇ	ㄏ一ㄚㄇ	ㄙ一ㄚㄇ	ㄊ一ㄚㄇ	ㄎ一ㄚㄇ	ㄉ一ㄚㄇ	ㄍ一ㄚㄇ	
iang	hiang	siang	phiang	thiang	piang	tiang	
一ㄤ	ㄏ一ㄤ	ㄙ一ㄤ	ㄆ一ㄤ	ㄊ一ㄤ	ㄅ一ㄤ	ㄉ一ㄤ	
iah	hiah	siah	phiah	thiah	piah	kiah	
一ㄚㄏ	ㄏ一ㄚㄏ	ㄙ一ㄚㄏ	ㄆ一ㄚㄏ	ㄊ一ㄚㄏ	ㄅ一ㄚㄏ	ㄍ一ㄚㄏ	
iak	hiak	siak	phiak	thiak	tiak	kiak	
一ㄚㄍ	ㄏ一ㄚㄍ	ㄙ一ㄚㄍ	ㄆ一ㄚㄍ	ㄊ一ㄚㄍ	ㄉ一ㄚㄍ	ㄍ一ㄚㄍ	
iap	hiap	siap	thiap	tiap	kiap		
一ㄚㄅ	ㄏ一ㄚㄅ	ㄙ一ㄚㄅ	ㄊ一ㄚㄅ	ㄉ一ㄚㄅ	ㄍ一ㄚㄅ		

10.

la	lai	lau	lu	lam	lap	lat	lak
ㄌㄚ	ㄌㄞ	ㄌㄠ	ㄌㄨ	ㄌㄚㄇ	ㄌㄚㄅ	ㄌㄚㄉ	ㄌㄚㄍ
oa	hoa	soa	phoa	thoa	koa	toa	
ㄨㄚ	ㄏㄨㄚ	ㄙㄨㄚ	ㄆㄨㄚ	ㄊㄨㄚ	ㄍㄨㄚ	ㄉㄨㄚ	
oai	hoai	soai	phoai	thoai	poai	koai	
ㄨㄞ	ㄏㄨㄞ	ㄙㄨㄞ	ㄆㄨㄞ	ㄊㄨㄞ	ㄅㄨㄞ	ㄍㄨㄞ	
ui	hui	sui	phui	thui	kui	tui	
ㄨ一	ㄏㄨ一	ㄙㄨ一	ㄆㄨ一	ㄊㄨ一	ㄍㄨ一	ㄉㄨ一	
oan	hoan	soan	khoan	poan	toan	koan	
ㄨㄢ	ㄏㄨㄢ	ㄙㄨㄢ	ㄎㄨㄢ	ㄅㄨㄢ	ㄉㄨㄢ	ㄍㄨㄢ	
oah	hoah	soah	phoah	koah	toah	poah	
ㄨㄚㄏ	ㄏㄨㄚㄏ	ㄙㄨㄚㄏ	ㄆㄨㄚㄏ	ㄍㄨㄚㄏ	ㄉㄨㄚㄏ	ㄅㄨㄚㄏ	
oat	hoat	soat	phoat	thoat	koat	toat	
ㄨㄚㄉ	ㄏㄨㄚㄉ	ㄙㄨㄚㄉ	ㄆㄨㄚㄉ	ㄊㄨㄚㄉ	ㄍㄨㄚㄉ	ㄉㄨㄚㄉ	

11.

e	he	se	phe	oe	hoe	soe	phoe
ㄝ	ㄏㄝ	ㄙㄝ	ㄆㄝ	ㄨㄝ	ㄏㄨㄝ	ㄙㄨㄝ	ㄆㄨㄝ
o	ho	lo	so	io	hio	lio	sio
ㄛ	ㄏㄛ	ㄌㄛ	ㄙㄛ	一ㄛ	ㄏ一ㄛ	ㄌ一ㄛ	ㄙ一ㄛ

12.	chha	chhau	chhu	chham	chhap	chhi	chhia
	ㄘㄚ	ㄘㄠ	ㄘㄨ	ㄘㄚㄇ	ㄘㄚㄅ	ㄑㄧ	ㄑㄧㄚ
	cha	chau	chu	cham	chi	chia	chiau
	ㄗㄚ	ㄗㄠ	ㄗㄨ	ㄗㄚㄇ	ㄐㄧ	ㄐㄧㄚ	ㄐㄧㄠ
	je	ju	jui	joa	ji	jio	jiu
	ㄖㄝ	ㄖㄨ	ㄖㄨㄧ	ㄖㄨㄚ	ㄖㄧ	ㄖㄧㆦ	ㄖㄧㄨ

13.	o͘	ho͘	lo͘	so͘	ong	hong	long	khong
	ㄛ	ㄏㄛ	ㄌㄛ	ㄙㄛ	ㄨㄥ	ㄏㄨㄥ	ㄌㄨㄥ	ㄎㄨㄥ
	ok	hok	sok	tok	iong	hiong	siong	tiong
	ㄛㄍ	ㄏㄛㄍ	ㄙㄛㄍ	ㄉㄛㄍ	ㄧㄨㄥ	ㄏㄧㄨㄥ	ㄙㄧㄨㄥ	ㄉㄧㄨㄥ
	iok	hiok	siok	liok	tiok	kiok		
	ㄧㄛㄍ	ㄏㄧㄛㄍ	ㄙㄧㄛㄍ	ㄌㄧㄛㄍ	ㄉㄧㄛㄍ	ㄍㄧㄛㄍ		

14.	ba	bah	ban	bat	bi	be	bo
	万ㄚ	万ㄚㄏ	万ㄢ	万ㄚㄉ	万ㄧ	万ㄝ	万ㆦ
	gau	gi	goa	gu	gui	go͘	gong
	兀ㄠ	兀ㄧ	兀ㄨㄚ	兀ㄨ	兀ㄨㄧ	兀ㄛ	兀ㄨㄥ

15.	im	sim	chim	kim	in	lin	pin	thin
	ㄧㄇ	ㄙㄧㄇ	ㄐㄧㄇ	ㄍㄧㄇ	ㄧㄣ	ㄌㄧㄣ	ㄅㄧㄣ	ㄊㄧㄣ
	ip	sip	khip	chip	it	sit	lit	pit
	ㄧㄅ	ㄙㄧㄅ	ㄎㄧㄅ	ㄐㄧㄅ	ㄧㄉ	ㄙㄧㄉ	ㄌㄧㄉ	ㄅㄧㄉ
	eng	teng	seng	peng	ek	tek	sek	kek
	ㄧㄥ	ㄉㄧㄥ	ㄙㄧㄥ	ㄅㄧㄥ	ㄝㄍ	ㄉㄝㄍ	ㄙㄝㄍ	ㄍㄝㄍ
	ian	sian	thian	khian	iat	siat	piat	thiat
	ㄧㄢ	ㄙㄧㄢ	ㄊㄧㄢ	ㄎㄧㄢ	ㄧㄚㄉ	ㄙㄧㄚㄉ	ㄅㄧㄚㄉ	ㄊㄧㄚㄉ
	un	hun	sun	tun	ut	hut	kut	chut
	ㄨㄣ	ㄏㄨㄣ	ㄙㄨㄣ	ㄉㄨㄣ	ㄨㄉ	ㄏㄨㄉ	ㄍㄨㄉ	ㄗㄨㄉ

16.	aⁿ	saⁿ	taⁿ	kaⁿ	tiⁿ	chiⁿ	iaⁿ	iuⁿ
	ㄚ°	ㄙㄚ°	ㄉㄚ°	ㄍㄚ°	ㄉㄧ°	ㄐㄧ°	ㄧㄚ°	ㄧㄨ°

17.	ma	mia	moa	mau	na	ni	nau	niau
	ㄇㄚ	ㄇㄧㄚ	ㄇㄨㄚ	ㄇㄠ	ㄋㄚ	ㄋㄧ	ㄋㄠ	ㄋㄧㄠ
	nga	ngi	nge	ngau	m	ng	sng	kng
	兀°ㄚ	兀°ㄧ	兀°ㄝ	兀°ㄠ	ㄇ	ㄥ	ㄙㄥ	ㄍㄥ

河洛語羅馬字母及台灣語言音標對照表

聲母

河洛語羅馬字	p ph b m t th l n
台灣語言音標	p ph b m t th l n

河洛語羅馬字	k kh g ng h ch chh j s
台灣語言音標	k kh g ng h c ch j s

韻母

河洛語羅馬字	a ai au am an ang e eng i ia iau iam ian iang
台灣語言音標	a ai au am an ang e ing i ia iau iam ian iang

河洛語羅馬字	io iong iu im in o oe o͘ ong oa oai oan u ui un
台灣語言音標	io iong iu im in o ue oo ong ua uai uan u ui un

鼻音

河洛語羅馬字	a^n ai^n au^n e^n i^n ia^n iau^n
台灣語言音標	ann ainn aunn enn inn iann iaunn

河洛語羅馬字	iu^n $io^{•n}$ $o^{•n}$ oa^n oai^n ui^n
台灣語言音標	iunn ioonn oonn uann uainn uinn

入聲

河洛語羅馬字	ah auh eh ih iah iauh ioh iuh
台灣語言音標	ah auh eh ih iah iauh ioh iuh

河洛語羅馬字	oh oah oaih oeh uh uih
台灣語言音標	oh uah uaih ueh uh uih

河洛語羅馬字	ap ip op iap
台灣語言音標	ap ip op iap

河洛語羅馬字	at it iat oat ut
台灣語言音標	at it iat uat ut

河洛語羅馬字	ak iok iak ek ok
台灣語言音標	ak iok iak ik ok

聲調

調　　　　類	陰平	陰上	陰去	陰入	陽平	陽去	陽入
調　　　　名	一聲	二聲	三聲	四聲	五聲	七聲	八聲
河洛語羅馬字	不標調	／	＼	不標調	∧	―	∣
台灣語言音標	1	2	3	4	5	7	8

大家來讀河洛語

語言文字是民族文化的結晶，過去的文化靠著它來流傳，未來的文化仗著它來推進。人與人之間的意見和感情，也透過語言文字來溝通。

學習母語是對文化的深度探索，書中的童言童語，取材自鄉土文化，充分表現臺語文學的幽默、貼切和傳神，讓人倍感親切。其押韻及疊字之巧妙運用，不但呈現聲韻之美，也讓讀者易念易記，詩歌風格的課文，使讀者念起來舒暢，聽起來悅耳。

特色之一

生動有趣的課文，結合日常生活經驗，讓初學者能夠很快的琅琅上口，並且流暢的表達思想和情意，是語文教材編製的目標和理想。

特色之二

本書附有（1）河洛語聲調及發音練習【 河洛語羅馬拼音、國語注音符號河洛語念法簡易對照表 】（2）河洛語羅馬字母及台灣語言音標對照表，方便讀者查閱參考使用。

本書是一套學習與補充教材，策劃初期是為幼稚園老師所編著的，但由於內容兼具人文化、生活化、趣味化，同時富有啟發性及統合性，增廣本套書的適用性，無論是幼兒、學齡兒童、青少年或成人，只要是想多瞭解河洛語、學習正統河洛語的人，採用這套教材將是進修的最佳選擇！

主題十一
我有眞濟好朋友（學校）

學習重點：

一、能熟悉學校環境設備的河洛語名稱。

二、知道環境設備的使用方法。

三、增進團體生活的能力。

四、體驗團體生活的樂趣

壹、本文

一、去學校
Khì hak hāu

歡	歡	喜	喜	來	學	校	，
Hoaⁿ	hoaⁿ	hí	hí	lâi	hak	hāu	

看	著	老	師	有	禮	貌	，
khòaⁿ	tiòh	lāu	su	ū	lé	māu	

看	著	朋	友	會	點	頭	，
khòaⁿ	tiòh	pêng	iú	ē	tìm	thâu	

勢	走	勢	跳	勢	唱	歌	，
gâu	cháu	gâu	thiàu	gâu	chhiùⁿ	koa	

老	師	呵	咾	我	眞	勢	。
lāu	su	o	ló	góa	chin	gâu	

(一)註解：（河洛語──國語）

1. 歡歡喜喜(hoaⁿ hoaⁿ hí hí) ──高高興興
2. 看著(khòaⁿ tiòh) ──看到
3. 勢走(gâu cháu) ──會跑
4. 呵咾(o ló) ──稱讚

(二)應用範圍：

1. 四歲以上幼兒。
2. 有關團體生活禮儀的主題。

㈢配合活動：

1. 教師和幼兒共同討論分享，早上到校，看到人需要有哪些行為表現才是有禮貌。
2. 由(1)中提出「有禮貌」、「點頭」，練習以河洛語正確地說出。
3. 幼兒和教師一起進行優點大轟炸，幼兒說出同伴的優點（教師提供選項—「走」、「跳」、「唱歌」、「有禮貌」）。
4. 教師帶領幼兒對同伴稱讚，並給予「愛的火花」（愛的鼓勵加上烟火聲啾—啾—碰）。

   如：「阿明仔眞勢跳舞」，

   「××眞有禮貌……」。
5. 教師教幼兒念「去學校」。

   註：可利用慶生會進行。

㈣教學資源：

寬闊的活動室

㈤相關學習：

語言溝通、社會情緒

二、朋 友
Pêng iú

我 有 朋 友，
Góa ū pêng iú

我 有 眞 濟 朋 友，
góa ū chin chē pêng iú

我 有 眞 濟 好 朋 友。
góa ū chin chē hó pêng iú

我 的 好 朋 友，
Góa ê hó pêng iú

有 的 是 厝 邊，
ū ê sī chhù piⁿ

有 的 是 同 學。
ū ê sī tông ha̍k

我 的 好 朋 友，
Góa ê hó pêng iú

嘛 有 貓 仔 囝，
mā ū niau á kiáⁿ

嘛 有 狗 仔 囝。
mā ū káu á kiáⁿ

我 的 好 朋 友 嘛 有 花 嘛 有
Góa ê hó pêng iú mā ū hoe mā ū

草。
chháu

我 愛 我 的 好 朋 友。
Góa ài góa ê hó pêng iú

㈠註解：（河洛語──國語）

1. 眞濟(chin chē) ──很多
2. 厝邊(chhù piⁿ) ──鄰居
3. 嘛有(mā ū) ──也有
4. 貓仔囝(niau á kiáⁿ) ──小貓
5. 狗仔囝(káu á kiáⁿ) ──小狗

㈡應用範圍：

1. 四歲以上幼兒。
2. 有關朋友的單元或主題、活動。
3. 開學初的活動。

㈢配合活動：

1. 教師用響板念「好朋友，厝邊兜，定定做伙鬧」，幼兒自由走動，教師停念，幼兒站住，與旁邊的小朋友握握手，自我介紹。響板響起，幼兒走動，換一位同伴。
2. 換過數次後，幼兒圍坐起來，向團體彼此介紹（A介紹B，B介紹C，C介紹A等）。
3. 教師帶領幼兒以河洛語念兒歌，並討論其涵意，介紹自己家中還有那些好朋友。

㈣**教學資源**：

　節奏用樂器如：響板或三角鐵

───────────────

㈤**相關學習**：

　人際關係、自我觀念、社會情緒、語言溝通

三、相　看
Sio　khòaⁿ

你　看　我　，　我　看　你　，
Lí　khòaⁿ　góa　　góa　khòaⁿ　lí

你　毋　是　我　，　我　毋　是　你　。
lí　m̄　sī　góa　　góa　m̄　sī　lí

我　看　你　，　你　看　我　，
Góa　khòaⁿ　lí　　lí　khòaⁿ　góa

你　著　是　我　，　我　著　是　你　。
lí　tio̍h　sī　góa　　góa　tio̍h　sī　lí

㈠註解：（河洛語──國語）

1. 相看(sio khòaⁿ) ──對看
2. 毋是(m̄ sī) ──不是
3. 著(tio̍h) ──就

㈡應用範圍：

1. 四歲以上幼兒。
2. 開學初的團體互動。
3. 有關認識自我的主題或單元。

㈢**配合活動**：

1. 幼兒兩人一組，互相模仿對方的表情、動作，並以河洛語說出眼、耳、鼻、嘴的名稱，來玩模特兒的模仿遊戲。
2. 分享對各種表情的代表意義。
3. 可加入鏡子再配合肢體做出各種表情和動作，如舉手、抬腿、彎腰等。

㈣**教學資源**：

鏡子、錄音帶、錄音機

㈤**相關學習**：

感官動作、自我觀念、創造與表現、情緒

四、老師真疼我
Lāu su chin thiàⁿ góa

老　師　老　師　真　疼　我，
Lāu su lāu su chin thiàⁿ góa

教　我　唱　歌，
kà góa chhiùⁿ koa

教　我　拗　紙，
kà góa áu chóa

教　我　舉　箸　食　米　粉　炒。
kà góa giah tī chiah bí hún chhá

(一)註解：（河洛語——國語）

1. 拗(áu) ——摺

2. 舉箸(giah tī) ——拿筷子

3. 食(chiah) ——吃

4. 米粉炒(bí hún chhá) ——炒米粉（作名詞解）

(二)應用範圍：

1. 三歲以上幼兒。

2. 關於學校、教師節、幫助我們的人等活動。

3. 我會做、我長大了……等相關單元或方案。

㈢配合活動：

1. 配合相關的主題探索，做角色扮演：
   輪流請小朋友上台當老師，教小朋友做一個小活動，例如念兒歌。

2. 討論老師教我們做過什麼事？介紹自己會做些什麼？自己和從前有什麼不一樣？

3. 教唱兒歌，並可加以改編、創作。
   「老師老師真疼我」，教我「唱歌」，教我「拗紙」，教我「舉箸食米粉炒」。
   「 」中的動作可以用園內的活動來替換。

4. 將自己會做的事製作成圖，自己張貼起來。

㈣教學資源：

布條、顏料、畫紙、色筆等

㈤相關學習：

情緒社會、語言溝通、認知、創造與表現

五、阿 富 畫 圖
A　hù　ōe　tô·

阿 富 阿 富 學 畫 厝，
A　hù　a　hù　oh　ōe　chhù

厝 敧 敧，換 畫 豬，
chhù　khi　khi　oāⁿ　ōe　ti

豬 無 尾，畫 鐵 馬，
ti　bô　bé　ōe　thih　bé

鐵 馬 畫 無 好，
thih　bé　ōe　bô　hó

歸 氣 畫 我 上 界 好。
kui　khì　ōe　góa　siōng　kài　hó

㈠註解：（河洛語——國語）

1. 厝(chhù) ——房子
2. 敧敧(khi khi) ——斜斜
3. 尾(bé) ——尾巴
4. 鐵馬(thih bé) ——腳踏車
5. 無好(bô hó) ——不好
6. 歸氣(kui khì) ——乾脆
7. 上界(siōng kài) ——最

㈡應用範圍：

1. 四歲以上幼兒。
2. 關於幼稚園生活的單元或主題。
3. 關於藝術創作的活動。

㈢配合活動：

1. 帶小朋友到園內看看所有的園長、老師、阿姨、叔叔、觀察他們在做什麼？想一想自己在園裡做些什麼？
2. 全班幼兒相互欣賞平日貼在牆上的作品。
3. 兩個人一組，相互討論要畫誰。
   畫好後上台讓其他小朋友猜猜看，畫的是誰？在做什麼？
4. 帶領幼兒念唱本歌謠。

㈣教學資源：

校內的人、事、物、八開畫紙、各式繪圖工具

㈤相關學習：

創造、認知、情緒、語言溝通

六、撈樓仔
Lu lâu á

撈　樓　仔，眞　趣　味，
Lu　lâu　á　chin　chhù　bī

你　起　來，我　落　去，
lí　khí　lâi　góa　lo̍h　khì

你　落　去，我　起　來，
lí　lo̍h　khì　góa　khí　lâi

咻　一　咻　一，
hiu　　　hiu

撈　樓　仔，眞　趣　味。
lu　lâu　á　chin　chhù　bī

㈠註解：（河洛語──國語）

1. 撈樓仔(lu lâu á) ──溜滑梯
2. 眞趣味(chin chhù bī) ──眞好玩
3. 落去(lo̍h khì) ──下去
4. 起來(khí lâi) ──上來
5. 咻(hiu) ──滑落的聲音

㈡應用範圍：

1. 三歲以上幼兒。
2. 適用於開學初介紹園內環境及設施。

3. 適用於遊戲或體能活動的單元。

㈢配合活動：

1. 教師用河洛語指示幼兒去摸戶外各項設施，如：去摸溜滑梯、去摸木馬。

2. 幼兒應快速走過去摸再回來，看誰的速度最快，可規定去的方向和回來的路線，以免相撞。

3. 請幼兒自由發表溜滑梯的玩法及注意的規則。

4. 幼兒親自玩溜滑梯，教師一旁念出兒歌。

5. 請幼兒自由發表溜滑梯的感受。

6. 教師帶一位幼兒邊念兒歌，邊示範動作，再請其他幼兒跟著做。

7. 請幼兒邊玩溜滑梯邊念兒歌。

8. 動作如下：

「撈樓仔，真趣味」→二人一組以相反方向互勾手臂，另一手臂向上伸直，手掌轉並小跑步轉一圈。

「你起來，我落去」→一人站一人蹲，蹲的站起來，站的蹲下。

「你落去，我起來」→站的蹲下去，蹲的站起來。

「咻—，咻—」→站的雙手兩側平舉，身體轉圈，蹲的雙手兩側平舉，身體轉圈慢慢站起來。

「撈樓仔，真趣味」→二人以相反方向互勾手臂，另一手臂向上伸直，手掌轉並小跑步轉一圈。

㈣**教學資源**：
　　戶外場地之各種遊具

㈤**相關學習**：
　　大肌肉運動、社會情緒、認知

七、學　飛
Oh　pe

天　頂　鳥　仔　飛，
Thiⁿ　téng　chiáu　á　pe

土　脚　囝　仔　爬，
thô·　kha　gín　á　pê

囝　仔　想　欲　飛，
gín　á　siūⁿ　beh　pe

鳥　仔　羞　羞　羞，
chiáu　á　chhiu　chhiu　chhiu

等　一　下　，　等　一　下　，
tán　chit　ē　tán　chit　ē

哪　會　未　曾　學　行，
ná　ē　bōe　chêng　oh　kiâⁿ

著　想　欲　學　飛？
tioh　siūⁿ　beh　oh　pe

㈠註解：（河洛語──國語）

1. 天頂(thiⁿ téng) ──天上
2. 鳥仔(chiáu á) ──小鳥
3. 土脚(thô· kha) ──地上
4. 囝仔(gín á) ──小孩子
5. 想欲(siūⁿ beh) ──想要
6. 羞羞羞(chhiu chhiu chhiu) ──羞羞臉
7. 行(kiâⁿ) ──走

8. 著(tioh) ──就

㈡應用範圍：

1. 四歲以上幼兒。
2. 關於學習的順序及步驟概念。
3. 關於飛禽的單元或方案。

㈢配合活動：

1. 教師播放輕柔的音樂，請幼兒想像自己是一個小娃娃，教師用河洛語口述：現在你很小，只會用全身在地面移動、翻身、滾、爬。慢慢長大了，你會用手臂和腿爬。你又長大了，你會伸直手臂和腿爬。你一歲了，你會走路了。教師一面口述，一面鼓勵幼兒改變動作，請幼兒走動數圈。
2. 改變音樂，請幼兒將身體伸到最大的限度，可在地面上，教師引導幼兒向空中跳躍，想像自己是飛鳥。
3. 教幼兒念「學飛」。
4. 討論分享：身體動作所帶來不同的感覺，歸納出動作變化的順序有那些？以及什麼是「大」、「小」、「高」、「低」，給身體的感覺是什麼？
5. 將剛才的動作，依順序畫下來。

㈣教學資源：

音樂卡帶、美術區用品

㈤相關學習：

身體與感覺、認知、創造、語言溝通

貳、親子篇

去　讀　冊
Khì　thȧk　chheh

阿	伯	阿	伯	焉	孫	去	讀	冊 ，
A	peh	a	peh	chhōa	sun	khì	thȧk	chheh

到	學	校 ，
kàu	hȧk	hāu

才	知	冊	包	仔	𣍐	記	得	挃 。
chiah	chai	chheh	pau	á	bē	kì	tit	thȧh

㈠註解：（河洛語──國語）

1. 讀冊(thȧk chheh) ──讀書；上學
2. 焉(chhōa) ──帶
3. 冊包仔(chheh pau á) ──書包
4. 𣍐記得挃(bē kì tit thȧh) ──忘了帶

㈡活動過程：

1. 利用幼兒情緒穩定易專注的時間，選擇一個空的平面（例如：桌面、床面、地上，記得移走附近易干擾注意力之物品）。

2. 依序放上幼兒喜愛的玩具，並以河洛語念出物品的名稱後，幼兒轉身在不偷看情況下，大人取走其中一件物品。

3. 請幼兒轉回身後找找看，少了那件東西並以河洛語說出名稱。

4. 待幼兒熟悉遊戲規則後，放置及抽取的物品件數可增加。

5. 和幼兒討論上學可能用到的物品，亦可排列出來玩上述遊戲。

6. 和幼兒一同念唱兒歌內容，並討論其因果關係及影響。

叁、補充參考資料

一、生活會話：

佇學校

陳玉明：勢早，你好，我叫陳玉明。

王明雪：勢早，你好，我是王明雪。

陳玉明：我是彩虹班的。

王明雪：我是麒麟班的。

陳玉明：按呢，咱是同學。

王明雪：咱嘛是朋友。

陳玉明：以後咱攏是好同學、好朋友。

王明雪：老師來啊！我欲入去教室啊。再見！

陳玉明：再見！

Tī ha̍k hāu

Tân gio̍k bêng：Gâu chá，lí hó，góa kiò Tân gio̍k bêng。

Ông beng soat：Gâu chá，lí hó，góa sī Ông bêng soat。

Tân gio̍k bêng：Góa sī chhái hông pan ê。

Ông bêng soat：Góa sī kî lîn pan ê。

Tân gio̍k bêng：Án ne，lán sī tông ha̍k。

Ông bêng soat：Lán mā sī pêng iú。

Tân gio̍k bêng：Í āu lán lóng sī hó tông ha̍k、hó pêng iú。

Ông bêng soat：Lāu su lâi a！Góa beh jip khì kàu sek
　　　　　　　a。Chài kiàn！
Tân giók bêng：Chài kiàn！

二、參考語詞：（國語──河洛語）

1. 鉛筆──鉛筆(iân pit)
2. 原子筆──原子筆(goân chú pit)
3. 鋼筆──萬年筆(bān liân pit)
4. 粉筆──粉筆(hún pit)
5. 蠟筆──蠟筆；澀筆；色筆(lah pit, siap pit, sek pit)
6. 色筆──色筆(sek pit)
7. 紙──紙(chóa)
8. 畫圖紙──畫圖紙(ōe tô· chóa)
9. 水彩──水漆(chúi chhat)
10. 膠水──黏膠；膠水(liâm ka; ka chúi)
11. 漿糊──糊仔(kô· á)
12. 橡皮擦──拭仔(chhit á)
13. 鉛筆盒──鉛筆盒仔(iân pit ap á)
14. 削鉛筆機──鉛筆摳仔(iân pit khau á)
15. 尺──尺(chhioh)
16. 三角板──三角格仔(saⁿ kak keh á)
17. 小刀──刀仔(to á)
18. 橡皮筋──樹奶(chhiū leng)
19. 積木──積木；柴角仔(chek bok; chhâ kak á)

20. 剪刀——鉸刀(ka to)

21. 色——色(sek)

22. 紅色——紅色(âng sek)

23. 黑色——烏色(o͘ sek)

24. 白色——白色(pėh sek)

25. 藍色——藍色；紺色(nâ sek; khóng sek)

26. 綠色——青色(chheⁿ sek)

27. 紫色——茄色；紫色(kiô sek; chí sek)

28. 黃色——黃色(n̂g sek)

29. 褐色——土色(thô͘ sek)

30. 灰色——殕色；烏鼠仔色(phú sek; niáu chhí á sek)

31. 粉紅色——粉紅仔色(hún âng á sek)

32. 金色——金色(kim sek)

33. 銀色——銀色(gîn sek)

34. 桌子——桌仔(toh á)

35. 椅子——椅仔(í á)

36. 黑板——烏枋(o͘ pang)

37. 茶杯——茶杯仔(tê poe á)

38. 茶壺——茶砧(tê kó͘)

39. 水壺——水鱉；水瓶(chúi pih; chúi pân)

40. 掃把——掃手(sàu chhiú)

41. 拖把——布攄仔(pò͘ lù á)

42. 垃圾桶——糞埽桶(pùn sò tháng)

43. 別針——鈚針(pín chiam)

44. 書——書；冊(chu; chheh)

45. 筆記簿——筆記簿(pit kì phō͘)

46. 睡袋——睏袋仔(khùn tē á)

47. 老師——老師；先生(lāu su; sin seⁿ)

48. 同學——同學(tông ha̍k)

49. 小朋友——小朋友(sió pêng iú)

50. 幼稚園——幼稚園(iù tī hn̂g)

51. 園長——園長(hn̂g tiúⁿ)

52. 上課——上課(siōng khò)

53. 上學——去學校(khì ha̍k hāu)

54. 放學——放學(pàng o̍h)

55. 休息——歇睏(hioh khùn)

56. 打鐘——摃鐘(kòng cheng)

57. 操場——運動場；運動埕(ūn tōng tiûⁿ; ūn tōng tiâⁿ)

58. 教室——教室(kàu sek)

59. 廁所——便所(piān só·)

60. 洗手台——洗手槽(sé chhiú chô)

61. 暑假——歇熱(hioh joa̍h)

62. 寒假——歇寒(hioh kôaⁿ)

63. 吃點心——食點心(chia̍h tiám sim)

64. 唱歌——唱歌(chhiùⁿ koa)

65. 畫圖——畫圖(ōe tô·)

66. 說故事——講故事(kóng kò· sū)

67. 風琴——風琴(hong khîm)

三、謎語：

1. 頭光尾鬚，倚壁拖土。

Thâu kng bóe hô͘, oá piah thoa thô͘。

（猜掃除用具）

答：掃手（掃帚）

2. 一個囝仔爛朽朽，跳上桌頂，展腳手。

Chi̍t ê gín á nōa hiù hiù, thiàu chiūⁿ toh téng, tián kha chhiú。

（猜清潔用具）

答：桌布

3. 尖嘴鳥，歇烏溪，食水少，言語濟。

Chiam chhùi chiáu, hioh o͘ khe, chia̍h chúi chió, giân gí chē。

（猜文具用品）

答：毛筆

4. 四旁輕輕，言語隨身，只見言語，不見頭面。

Sì pêng khin khin, giân gí sûi sin, chí kiàn giân gí, put kiàn thâu bīn。

（猜文具用品）

答：紙

5. 四腳抵四角，有面無頭殼。

Sì kha tú sì kak, ū bīn bô thâu khak。

（猜家具用品）

答：桌仔（桌子）

四、俗諺:

1. 有狀元學生，無狀元先生。

   Ū chiōng goân ha̍k seng, bô chiōng goân sin seⁿ。

   (後生可畏，後浪推前浪。)

2. 食到老，學到老。

   Chia̍h kàu lāu, o̍h kàu lāu。

   (學無止境之意。)

3. 未曾會行，就欲學飛。

   Bōe chêng ē kiâⁿ, chiū beh o̍h poe。

   (還不會走路就想飛，不按部就班。)

4. 教豬教狗，不如家己走。

   Kà ti kà káu, put jû ka kī cháu。

   (求人不如求己，叫他人做不如自己做。)

5. 學生，戲仔猴。

   Ha̍k seng, hì á kâu。

   (嘲罵，學生胡鬧。)

6. 囝仔人，跳過溝，食三甌。

   Gín á lâng, thiàu kòe kau, chia̍h saⁿ au。

   (小孩活潑，易消化，食慾好。)

7. 毋知天地幾斤重。

M̄ chai thiⁿ tē kúi kin tāng。

（不懂事。）

8. 大人跙起，囡仔佔椅。

Tōa lâng peh khí, gín á chiàm í。

（小孩性急，不懂禮貌。）

9. 教囡學泅，毋通教囡跙樹。

Kà kiáⁿ o̍h siû, m̄ thang kà kiáⁿ peh chhiū。

（教孩子要教有用的，不要教危險、有害的事情。）

五、方言差異：

㈠方音差異

1. 眞濟　chin chē/chin chōe
2. 畫　ōe/ūi
3. 尾　bóe/bé
4. 飛　poe/pe
5. 未曾　bōe chêng /bē chêng
6. 膾記得　bē kì tit/bōe kì tit

㈡語詞差異

1. 鐵馬　thih bé／孔明車　khóng bêng chhia／腳踏車 kha ta̍h chhia／自輦車　chū lián chhia／獨輦車　to̍k lián chhia／自轉車　chū choán chhia

2. 歸氣　kui khì／應信　ìn sìn
3. 撈樓仔　lu lâu á／趨石撈　chhu chio̍h lu
4. 讀冊　tha̍k chheh／讀書　tha̍k chu

六、異用漢字：

1. (gâu)　勢／賢
2. (tìm thâu)　點頭／揕頭
3. (chē)　濟／儕／多
4. (ê)　的／兮／个
5. (m̄)　毋／怀／不／嗯
6. (thiàⁿ)　疼／痛
7. (gia̍h)　舉／攑
8. (siōng kài hó)　上界好／尙介好／上蓋好
9. (thô͘ kha)　土腳／土跤
10. (gín á)　囝仔／囡仔
11. (beh)　欲／卜／懷／要
12. (chhōa)　毠／帶
13. (bē kì tit)　燴記得／袂記得
14. (the̍h)　挃／提
15. (chhù)　厝／茨

主題十二
辦公伙仔（遊戲與健康）

學習重點：

一、了解各項遊戲的河洛語名稱。

二、體會遊戲中的樂趣。

三、由遊戲中了解人際互動關係。

壹、本文

一、疊柴角仔
Thia̍p chhâ kak á

有 的 長
Ū ê tn̂g

有 的 短
ū ê té

有 的 圓
ū ê îⁿ

有 的 扁
ū ê píⁿ

有 三 角
ū saⁿ kak

有 四 角
ū sì kak

有 的 紅
ū ê âng

有 的 青
ū ê chheⁿ

有 時 組 做 車
ū sî chó͘ chò chhia

有 時 起 做 厝
ū sî khí chò chhù

有 時 疊 做 人
ū sî thia̍p chò lâng

有 時 變 做 牛
ū sî piàn chò gû

有 時 眞 勢 走
ū sî chin gâu cháu

有 時 眞 勢 哮
ū sî chin gâu háu

無 抵 好
bô tú hó

閣 會 車 畚 斗
koh ē chhia pùn táu

(一)註解：（河洛語──國語）

1. 疊柴角仔(thia̍p chhâ kak á)──堆積木

2. 青(chhe^n)──綠

3. 起做厝(khí chò chhù)──蓋成房子

4. 疊做人(thia̍p chò lâng)──堆成人

5. 眞勢走(chin gâu cháu)──很會跑

6. 眞勢哮(chin gâu háu)──很會叫

7. 無抵好(bô tú hó)──不小心

8. 閣會(koh ē)──還會

9. 車畚斗(chhia pùn táu)──翻跟斗

(二)應用範圍：

1. 四歲以上幼兒。

2. 有關創造性及建構性的主題。

3. 認知、積木區延伸的活動。

㈢配合活動：

1. 教師提供積木數塊，依形狀、大小、色彩各不同，並逐一以河洛語介紹。

2. 教師出題，規定數量，比如：二塊圓的、三塊扁的、一塊長的、二塊短的……（組合由教師自組）

3. 先確定幼兒是否取對積木。

4. 再規定比賽題目「起厝」「做陣」……等。

5. 逐樣共同欣賞，並說明使用了多少積木。

6. 教師亦可和幼兒一起做「人體積木」，先逐一模擬變形，再兩兩、三三組合。

7. 教師視幼兒創意逐漸增加內容的複雜度進行活動。

㈣教學資源：

大量不同形狀積木、照相機

㈤相關學習：

肢體、創作、認知、創造

二、跳舞機
Thiàu　bú　ki

跳　跳　跳
Thiàu　thiàu　thiàu

音　樂　若　開　始
im　ga̍k　nā　khai　sí

脚　步　就　振　動
kha　pō·　chiū　tín　tāng

正　脚
chiàⁿ　kha

倒　脚
tò　kha

頭　前
thâu　chêng

後　壁
āu　piah

孤　脚
ko·　kha

雙　脚
siang　kha

跳　跳　跳
thiàu　thiàu　thiàu

目　睭　看　予　精
ba̍k　chiu　khòaⁿ　hō·　chiⁿ

脚　步　踏　予　緊
kha　pō·　ta̍h　hō·　kín

跳　甲　笑　咳　咳
thiàu　kah　chhiò　hai　hai

毋　驚　落　下　頦
m̄　kiaⁿ　làu　ē　hâi

跳　跳　跳
thiàu　thiàu　thiàu

你　跳
lí　thiàu

我　也　跳
góa　iā　thiàu

看　啥　人　上　勢　跳
khòaⁿ　siáⁿ　lâng　siōng　gâu　thiàu

過　關　閣　再　跳
kòe　koan　koh　chài　thiàu

㈠註解　（河洛語——國語）

1. 若(nā) ——如果

2. 振動(tín tāng) ——移動

3. 正腳(chiàⁿ kha) ——右腳

4. 倒腳(tò kha) ——左腳

5. 頭前(thâu chêng) ——前面

6. 後壁(āu piah) ——後面

7. 孤腳(ko˙ kha) ——單腳

8. 目睭(ba̍k chiu) ——眼睛

9. 看予精(khòaⁿ hō˙ chiⁿ) ——看仔細

10. 踏予緊(ta̍h hō˙ kín) ——跟得快

11. 上勢(siōng gâu) ——最會

12. 跳甲(thiàu kah)──跳得

13. 笑咳咳(chhiò hai hai)──笑呵呵

14. 毋驚($\bar{m}$ kia^n)──不怕

15. 落下頦(làu $\bar{e}$ hâi)──下巴脫落

㈡應用範圍：

1. 四歲以上幼兒。

2. 有關唱遊及節奏的主題。

㈢配合活動：

1. 教師播放節奏強烈的樂曲，幼兒聽口令一起做動作，「正腳、倒腳、後壁……」

2. 教師任意組合腳步動作方向及單、雙腳。

3. 比比看誰動作最快。幼兒一組一組過關，看誰最快。

4. 輪到幼兒為出題者，看看誰出口令與節奏搭配的最好。

5. 共同分享比賽跳舞的樂趣，並教念「跳舞機」。

6. 教師可設計口訣讓幼兒念。

㈣教學資源：

各類節奏明顯之音樂帶、錄音機

㈤相關學習：

　　律動、大肌肉運動

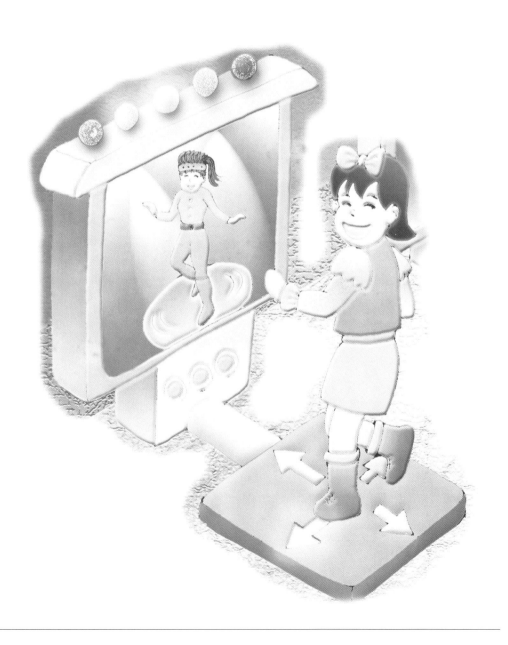

三A、歕 雞 胿 仔
Pûn　ke　kui　á

我　歕　雞　胿　仔 ，
Góa　pûn　ke　kui　á

phu —— phu
phu　　　phu

愈　來　愈　大 ！
lú　lâi　lú　tōa

phu —— phu
phu　　　phu

愈　來　愈　大 ；
lú　lâi　lú　tōa

「 砰 」 一　聲 ，
Phong　chi̍t　siaⁿ

雞　胿　煞　歕　破 ！
ke　kui　soah　pûn　phòa

我　歕　雞　胿　仔 ，
Góa　pûn　ke　kui　á

phu —— phu
phu　　　phu

歕　甲　面　紅　紅 ，
pûn　kah　bīn　âng　âng

phu —— phu
phu　　　phu

歕　甲　頷　頸　大 ，
pûn　kah　ām　kún　tōa

phu —— phu
phu　　　phu

面 紅 頷 頸 大。
bīn âng ām kún tōa

(一)註解：（河洛語──國語）

1. 歕(pûn)──吹
2. 雞脆仔(ke kui á)──氣球
3. 煞(soah)──卻；竟
4. 歕甲(pûn kah)──吹得
5. 頷頸(ām kún)──脖子

(二)應用範圍：

1. 四歲以上幼兒。
2. 有關科學的方案或單元。
3. 日常遊戲或活動。

(三)配合活動：

1. 教師先拿一面玻璃，讓幼兒練習吹氣在玻璃上，要留下印子才算過關。
2. 介紹氣球並且比賽吹氣球，看誰吹得比較大。
3. 互相觀察幼兒吹氣球時的表情，帶出，「面紅」、「頷頸大」。
   （亦可用拍立得拍下）

4. 幼兒依此練習這兩個形容詞。

5. 說說看，還有什麼時候也會「面紅」、「頜頸大」——生氣、吵架時、非常用力的時候。

6. 教師和幼兒共同組合氣球成另一造型。

㈣教學資源：

若干氣球、透明玻璃、照相機（拍立得）

㈤相關學習：

認知、人際關係

三B、雞胿
Ke　kui

茶　箍　水　，歕　雞　胿　，
Tê　kho͘　chúi　　pûn　ke　kui

阿　蕊　仔　，歕　一　堆　；
A　lúi　a　　pûn　chit　tui

雞　胿　仔　飛　飛　飛　，
Ke　kui　a　poe　poe　poe

阿　蕊　仔　追　追　追　，
A　lúi　á　tui　tui　tui

無　細　膩　去　挵　著　一　隻　豬　，
bô　sè　jī　khì　lòng　tioh　chit　chiah　ti

豬　仔　驚　一　下　大　聲　吱　。
ti　á　kiaⁿ　chit　ē　tōa　siaⁿ　ki

㈠註解：（河洛語——國語）

1. 茶箍水(tê kho͘ chúi)——肥皂水

2. 歕雞胿(pûn ke kui)——吹氣球

3. 無細膩(bô sè jī)——不小心

4. 挵著(lòng tioh)——撞到

5. 豬仔(ti á)——豬

6. 驚一下(kiaⁿ chit ē)——嚇一跳

7. 吱(ki)——叫

㈡應用範圍：

1. 四歲以上幼兒。
2. 有關玩肥皂泡的單元或方案。
3. 日常遊戲。

㈢配合活動：

1. 配合玩肥皂泡沫的探索活動，幼兒使用不同大小的鐵絲圈試吹出不同大小的泡泡。
2. 教師請幼兒試加不同的肥皂粉份量及顏料，請幼兒試試可以吹出多少不同彩色的泡泡。
3. 幼兒自調肥皂水，選擇不同的鐵絲圈，一起到庭院去吹泡泡，看看誰的泡泡最持久，比較不同色彩、大小的泡泡。
4. 教師教念「茶箍水」，讓幼兒自由的在操場上追逐泡泡。
5. 分享及討論：喜歡玩吹泡泡嗎？每個人的泡泡有何不同？為什麼？

㈣教學資源：

水、盛器、肥皂粉

㈤相關學習：

認知、大肌肉運動、感官、情緒

四、排火車
Pâi hóe chhia

囝 仔 兄　排 火 車
Gín á hiaⁿ pâi hóe chhia

你 扶 肩 胛 頭　伊 扶 腳 脊 背
lí hōaⁿ keng kah thâu i hōaⁿ kha chiah phiaⁿ

嗚 － 嗚 － 嗚
U U U

火 車 火 車 向 前 行
hóe chhia hóe chhia hiòng chêng kiâⁿ

行 來 去 予 阿 伯 請
kiâⁿ lâi khì hō˙ a peh chhiáⁿ

㈠註解：（河洛語——國語）

1. 囝仔兄（gín á hiaⁿ）——小孩子的尊稱

2. 肩胛頭（keng kah thâu）——肩膀

3. 腳脊背（kha chiah phiaⁿ）——背部

4. 予（hō˙）——給

㈡應用範圍：

1. 四歲以上幼兒。
2. 有關交通的方案或單元。
3. 日常遊戲。

㈢**配合活動**：

1. 教師利用一寬敞的活動場地進行活動。
2. 音樂一開始，幼兒自由走動，待音樂一停，立刻就近排成一列。
3. 來回練習數次。每次練習教師下指令「排做火車」時幼兒排好即回答「嗚──嗚──嗚」
4. 扮第一位火車頭時，必須決定火車開到哪裡？
5. 教師可以先扮火車頭，幾次後讓幼兒隨機當火車頭練習。

㈣**教學資源**：

一寬敞之活動場所

㈤**相關學習**：

人際關係、社會情緒

五、辦公伙仔
Pān　kong　hóe　á

辦	公	伙	仔	大	家	來
Pān	kong	hóe	á	tāi	ke	lâi
石	頭	是	肉	葉	是	菜
chỉoh	thâu	sī	bah	hioh	sī	chhài
沙	仔	煮	飯	水	做	湯
soa	á	chú	pn̄g	chúi	chò	thng
你	掠	魚	仔	我	來	刣
lí	liȧh	hî	á	góa	lâi	thâi
好	啊	好	啊	煮	好	啊
hó	a	hó	a	chú	hó	a
一	項	一	項	桌	頂	排
chit	hāng	chit	hāng	toh	téng	pâi
欲	食	你	著	趕	緊	來
beh	chiȧh	lí	tiȯh	kóaⁿ	kín	lâi
欲	食	你	著	趕	緊	來
beh	chiȧh	lí	tiȯh	kóaⁿ	kín	lâi

(一)註解：（河洛語──國語）

1. 辦公伙仔(pān kong hóe á) ──辦家家酒
2. 沙仔(soa á) ──沙子
3. 掠(liȧh) ──捉
4. 魚仔(hî á) ──魚
5. 刣(thâi) ──殺

6. 桌頂(toh téng) ——桌子上面

7. 欲食(beh chia̍h) ——要吃

8. 著(tio̍h) ——要

9. 趕緊來(kóaⁿ kín lâi) ——快點來

㈡應用範圍：

1. 五歲以上幼兒。

2. 有關家庭生活的遊戲或活動。

3. 有關烹飪的活動。

㈢配合活動：

1. 教師提供園中相關資源，進行烹飪比賽。

2. 組員需做出幾道菜（教師可規定），在規定時間內評比，由園內教師或各組分別評比，看哪一組找的材料最特別。

3. 教師提出句型，請幼兒練習介紹菜餚，「……煮飯……做湯」、「……是肉、……是菜」。

4. 幼兒分組請客，邀請另一組到家品嚐，並練習招呼用餐，

5. 師生共同念誦「辦公伙仔」。

㈣教學資源：

園內可提供的烹飪的資源

㈤相關學習：

語言溝通、創造與表現、認知、人際關係

貳、親子篇

唱 歌 顛 倒 反
Chhiùⁿ koa tian tò péng

阿 明 仔 阿 明 仔
A bêng á A bêng á

唱 歌 顛 倒 反
chhiùⁿ koa tian tò péng

水 面 發 龍 眼
chúi bīn hoat lêng géng

蓮 花 滿 山 頂
liân hoe móa soaⁿ téng

潘 水 清 清 清
phun chúi chheng chheng chheng

滾 水 冷 冷 冷
kún chúi léng léng léng

三 歲 囝 仔 去 做 兵
saⁿ hòe gín á khì chò peng

大 人 佇 厝 吸 牛 奶
tōa lâng tī chhù suh gû leng

(一)註解：（河洛語——國語）

1. 顛倒反(tian tò péng) ——相反的意思

2. 發(hoat) ——長出

3. 潘水(phun chúi)──餿水

4. 清清清(chheng chheng chheng)──清澈乾淨

5. 滾水(kún chúi)──滾燙的開水

6. 囡仔(gín á)──小孩

7. 做兵(chò peng)──當兵

8. 佇厝(tī chhù)──在家

(二)活動過程：

1. 家長帶著小孩念讀歌謠至熟練。

2. 讓幼兒發現文中呈現皆為相反情境。

3. 家長提供生活中情境，讓幼兒思考相反者。

    如：母雞──咯咯咯、叫起床

        老師聽課，學生教書……

4. 家長可從物體外形、質感、進而生長特質、功能性逐步加深加廣探討內容。

5. 親子分享對顛倒歌的喜愛和感覺。

叁、補充參考資料

一、生活會話：

迌迌

媽媽：阿蓮、阿中，今仔日佇學校迌迌什麼？

阿中：我有耍迌迌物仔，閣有疊柴角仔。

阿蓮：我佇外口趨石撈。

阿中：我閣有去挨轆鞦。

媽媽：有好耍無？

阿中：有喔！攏真好耍。

阿蓮：學校真好，真趣味。

阿中：阮攏真愛去學校。

Chhit thô

Ma ma：A liân、A tiong，kin á jit tī ha̍k hāu chhit thô sím mih？

A tiong：Góa ū sńg chhit thô mi̍h á，koh ū thia̍p chhâ kak á。

A liân：Góa tī gōa kháu chhu chio̍h lu。

A tiong： Góa koh ū khî hàiⁿ chhan chhiu。

Ma ma：Ū hó sńg bô？

A tiong： Ū o͘！Lóng chin hó sńg。

A liân：Ha̍k hāu chin hó，chin chhù bī。

A tiong：Gún lóng chin ài khì ha̍k hāu。

二、參考語詞：（國語──河洛語）

1. 玩具──迌迌物仔(chhit thô mi̍h á)
2. 鞦韆──韆鞦；公鞦(chhan chhiu; kong chhiu)
3. 蹺蹺板──矻硞板(khit kho̍k pán)
4. 不倒翁──阿不倒(a put tó)
5. 陀螺──干轆(kan lo̍k)
6. 踢毽子──踢錢仔(that chîⁿ á)
7. 溜滑梯──趨石撈(chhu chio̍h lu)
8. 彈珠──眞珠仔(chin chu á)
9. 翻觔斗──抛輦斗；車畚斗(pha lìn táu; chhia pùn táu)
10. 辦家家酒──辦公伙仔(pān kong hóe á)
11. 跳繩──跳索仔(thiàu soh á)
12. 氣球──雞胿仔(ke kui á)
13. 捏泥巴──捏土尫仔(liap thô· ang á)
14. 撈金魚──抔金魚(hô· kim hî)
15. 拔河──扭大索(giú tōa soh)
16. 前滾翻──正反(chiàⁿ péng)
17. 後滾翻──倒反(tò péng)
18. 倒立──倒斗徛；倒頭在(tò táu khiā; tò thâu chhāi)
19. 爬行──狗仔爬(káu á pê)
20. 捉迷藏──掩咯雞(ng kok ke)
　　　　　　匿相尋(bih sio chhōe)

21. 摔跤——相演(sio ián)

22. 比腕力——扼手尾；扼手霸(at chhiú bóe; at chhiú pà)

23. 橡皮筋——樹奶(chhiū leng)

24. 猜謎語——臆謎猜(ioh bê chhai)

25. 玩紙牌——預尫仔標(ī ang á phiau)

26. 遊戲——迌迌(chhit thô)

27. 賽跑——走相逐(cháu sio jiok)

28. 套圈圈——箍箍仔(kho· kho· á)

29. 扯鈴——扭空竹(giú khang tek)

30. 滾鐵圈——輪箍仔(lìn kho· á)

31. 側滾翻——拋麒麟(pha kî lîn)

32. 倒立而行——騎飛魚(khîa poe hî)

33. 騎人馬——騎馬瓏(khiâ bé long)

34. 劈甘蔗——破甘蔗(phòa kam chiā)

35. 象棋——象棋(chhiūn kî)

36. 圍棋——圍棋(ûi kî)

37. 放風箏——放風吹(pàng hong chhoe)

38. 划拳——喝拳(hoah kûn)

39. 跳房子——跳格仔(thiàu keh á)

40. 拍手——拍噗仔(phah phok á)

41. 遊玩——迌迌(chhit thô)

42. 郊遊——郊遊(kau iû)

43. 遠足——遠足(oán chiok)

44. 旅遊——旅遊(lú iû)

45. 爬山——蹈山(peh soan)

46. 下棋——行棋(kiân kî)

47. 遊街——踅街(seh ke)

48. 照相——翕相(hip siōng)

49. 露營——露營(lō· iâⁿ)

50. 潛水——潛水冸(chhàng chúi bī)

51. 賞鳥——賞鳥(sióng niáu)

52. 游泳——泅水(siû chúi)

53. 騎馬——騎馬(khiâ bé)

54. 射箭——射箭(siā chìⁿ)

55. 揑泥偶——揑土尪仔(liap thô· ang á)

56. 遊山玩水——遊山玩水(iû san oán súi)

57. 園藝——園藝(oân gē)

58. 釣魚——釣魚(tiò hî)

59. 玩水——耍水(sńg chúi)

60. 打球——拍球(phah kiû)

61. 森林浴——森林浴(sim lîm ėk)

62. 插花——插花(chhah hoe)

63. 看戲——看戲(khòaⁿ hì)

64. 看電影——看電影(khòaⁿ tiān iáⁿ)

65. 看小説——看小説(khòaⁿ sió soat)

66. 兒童樂園——兒童樂園(jî tông lȯk hn̂g)

67. 動物園——動物園(tōng bu̍t hn̂g)

68. 捉蝦子——掠蝦仔(lia̍h hê á)

69. 聽音樂——聽音樂(thiaⁿ im ga̍k)

70. 散步——散步(sàn pō·)

71. 土風舞——土風舞(thó· hong bú)

72. 太極拳——太極拳(thài ke̍k kûn)

三、謎語：

I. 一腳會走，無嘴會哮。
Chit kha ē cháu, bô chhùi ē háu。

（猜玩具一）

答：干轆（陀螺）

2. 一人牽一絲，走去天頂邊，毋驚風來吹我去，只驚雨來淋我衣。
Chit lâng khan chit si, cháu khì thiⁿ téng piⁿ, m̄ kiaⁿ hong lâi chhoe góa khì, chí kiaⁿ hō͘ lâi lâm góa i。

（猜一種遊戲）

答：放風吹（放風箏）

3. 遠看若土堆，近看有樓梯，起去一步步，落來趨到土。
Hng khòaⁿ ná thô͘ tui, kīn khòaⁿ ū lâu thui, khí khì chit pō͘ pō͘, loh lâi chhu kàu thô͘。

（猜遊樂設施一）

答：趨石撈（溜滑梯）

4. 欲耍伊，才買伊，買了伊，來拍伊。
Beh sńg i, chiah bé i, bé liáu i, lâi phah i。

（猜體育用品一）

答：球

5. 會行無腿，會食無嘴，過河無水，死了無鬼。

Ē kiaⁿ bô thúi, ē chiah bô chhùi, kòe hô bô chúi, sí liáu bô kúi。

（猜益智遊戲一）

答：象棋

6. 坐也坐燴好，徛也徛燴好，按怎共伊揀，永遠燴跋倒。

Chē iā chē bē hó, khiā iā khiā bē hó, àn chóaⁿ ka i sak, éng oán bē poah tó。

（猜遊樂設施一）

答：阿不倒（不倒翁）

7. 一隻馬，兩人坐，一旁高，一旁低。

Chit chiah bé, nn̄g lâng chē, chit pêng koân, chit pêng kē。

（猜遊樂設施一）

答：矼硞板（蹺蹺板）

四、俗諺：

1. 教囝學泅，毋通教囝跙樹。

Kà kiáⁿ oh siû, m̄ thang kà kiáⁿ peh chhiū。

（教子要教有用的，有益身體的。）

2. 鼓做鼓拍，簫做簫歕。

Kó͘ chò kó͘ phah, siau chò siau pûn。

（各做各的，互不相干。）

3. 大牛，惜力。

Tōa gû, sioh la̍t。

（身體大，卻不肯出力。）

4. 腳手慢鈍，食無份。

Kha chhiú bān tùn, chia̍h bô hūn。

（人要勤快，才有得吃，行動慢吞吞的，就沒得吃。）

5. 緊行，無好步。

Kín kiâⁿ, bô hó pō·。

（急做，沒有好處。）

6. 一孔，掠三尾。

Chi̍t khang, lia̍h saⁿ bóe。

（一個洞裏，抓了好幾隻，喻機會好。）

7. 一步棋，一步著。

Chi̍t pō· kî, chi̍t pō· tio̍h。

（按步就班。）

8. 三腳走，兩腳跳。

Saⁿ kha cháu, nn̄g kha thiàu。

（歡愉得手舞足蹈。）

9. 頭興興，尾冷冷。

Thâu hèng hèng, bóe léng léng。

（做事，有始無終。）

10. 囡仔人，跳過溝，食三甌。

　　Gín á lâng, thiàu kòe kau, chiah saⁿ au。

　　（小孩活潑，食慾佳，身體好。）

11. 鼓吹嘴，干轆腳。

　　Kó͘ chhoe chhùi, kan lo̍k kha。

　　（喜歡說話好動的人。）

12. 一日走拋拋，一暝點燈蠟。

　　Chi̍t ji̍t cháu pha pha, chi̍t mê tiám teng la̍h。

　　（白天只顧遊玩，晚上才來開夜車趕工。）

13. 飼貓，毋飼鼠。

　　Chhī niau, m̄ chhī chhí。

　　（要養有益的東西，不要養有害的東西。）

14. 閒甲掠虱母相咬。

　　Eng kah lia̍h sat bú sio kā。

　　（閒得無所事事，做一些無聊之事。）

15. 有人好酒，有人好豆腐。

　　Ū lâng hò͘ⁿ chiú, ū lâng hò͘ⁿ tāu hū。

　　（各人嗜好不同，有人喜歡這個，有人喜歡那個。）

16. 一日食飽，算蠓罩目。

　　Chi̍t ji̍t chiah pá, sǹg báng tà ba̍k。

　　（一日吃飽，沒有事做。閒得發慌。）

17. 家己騎馬，家己喝路。

Ka kī khiâ bé, ka kī hoah lō͘。

（自言自語）

18. 這溪無魚，別溪釣。

Chit khe bô hî, pat khe tiò。

（做事，不一定只有一個地方。）

19. 看花緊，繡花難。

Khòaⁿ hoe kín, siù hoe oh。

（看起來容易，做起來卻很難。）

20. 無想長，無存後。

Bô siūⁿ tn̂g, bô chûn āu。

（只顧眼前的享受，而不顧及將來。）

五、方言差異：

㈠方音差異

1. 靑　chheⁿ/chhiⁿ

2. 做　chò/chòe

3. 下頦　ē hâi/ē hoâi

4. 過　kòe/kè

5. 飛　poe/pe

6. 細膩　sè jī/sòe jī

7. 雞膎　ke kui/koe kui

8. 火車　hóe chhia/hé chhia

9. 辦公伙仔　pān kong hóe á/pan kong hé á

10. 龍眼　lêng géng/gêng géng

11. 歲　hòe/hè

12. 牛奶　gû leng/gû ni

（二）**語詞差異**

1. 車畚斗　chhia pùn táu／拋輦斗　pha lián táu)／拋車輦 pha chhia lián

2. 後壁　āu piah／後面　āu bīn

六、異用漢字：

1. (ê)　的／兮／个

2. (háu)　哮／吼

3. (siōng)　上／尙

4. (bak chiu)　目睭／目珠

5. (m̄)　毋／伓／呣／不

6. (gâu)　勢／賢

7. (hōaⁿ)　扶／按

8. (beh)　欲／卜／要／懱

9. (gín á)　囝仔／囡仔

10. (tī)　佇／置／治

11. (lâng)　人／農／儂

主題十三
小蚼蟻會寫詩（美感與創造）

學習重點：

一、用河洛語表達幼兒藝術活動。

二、欣賞生活中美的事物。

三、喜愛藝術活動。

四、增進想像力和創作力。

五、藉由藝術活動增進社會情緒。

壹、本文

一、童話冊
Tông ōe chheh

童 話 冊
Tông ōe chheh

我 眞 濟
góa chin chē

逐 本 冊
ta̍k pún chheh

看 詳 細
khòaⁿ siông sè

小 人 國
sió jîn kok

我 愛 去
góa ài khì

大 野 狼
Tōa iá lông

我 上 氣
góa siōng khì

小 紅 帽
sió âng bō

眞 古 錐
chin kó͘ chui

灰 姑 娘
hoe ko· niû

好 運 氣
hó ūn khì

「格 林 格 林」
《さ² カーㄣ² 《さ² カーㄣ²

我 愛 恁
góa ài lín

「安 徒 生」
ㄢ ㄊㄨ² ㄕㄥ

an-chu-se

㈠註解：（河洛語──國語）

1. 冊(chheh) ──書
2. 眞濟(chin chē) ──很多
3. 逐本(tak pún) ──每本
4. 上氣(siōng khì) ──最氣
5. 古錐(kó· chui) ──可愛
6. 恁(lín) ──你們
7. an-chu-se──謝謝你（客家話）

㈡應用範圍：

1. 六歲幼兒。
2. 有關閱讀、說故事的活動。

㈢配合活動：

1. 教師找出本文中所提及的幾本常看的童話書，幼兒票選自己喜歡的書或故事內容。
2. 教師引導幼兒說出喜歡的原因：以燈號表示，如「上氣」——紅燈，「古錐」——綠燈，「好運氣」——黃燈，以燈號表示喜惡的情緒。
3. 教師簡述一二個故事，幼兒練習給燈號。
4. 教師揭示故事書封面或童話書名，然後由幼兒說出主角，再說出詩句「小紅帽，真古錐，我愛恁」……等。
5. 教師帶幼兒念「童話冊」。
6. 教師多收集幼兒閱讀的童話，以詩歌中河洛語練習說出簡單的感想。

㈣教學資源：

常見之各類童話書、語詞卡、青紅燈（色卡）

㈤相關學習：

語言溝通、情意（興趣）

二、畫　圖
Oē　tô·

阿　姑　阿　姑　，
A　ko·　a　ko·

上　愛　畫　圖　，
siōng　ài　ōe　tô·

畫　雞　畫　鵝　，
ōe　ke　ōe　gô

畫　山　畫　河　，
ōe　soaⁿ　ōe　hô

畫　羊　仔　，畫　楊　桃　，
ōe　iûⁿ　á　ōe　iûⁿ　thô

畫　瓠　仔　，畫　葡　萄　，
ōe　pû　á　ōe　phû　tô

畫　阿　伯　及　阿　婆　，
ōe　a　peh　kap　a　pô

坐　佇　樹　仔　脚　食　饅　頭　。
chē　tī　chhiū　á　kha　chia̍h　ban　thô

(一)註解：（河洛語──國語）

1. 上愛(siōng ài) ──最愛

2. 羊仔(iûⁿ á) ──羊

3. 瓠仔(pû á) ──瓠瓜

4. 及(kap) ──和

5. 坐佇(chē tī) ──坐在

6. 樹仔腳(chhiū á kha) ——樹下
7. 食(chiảh) ——吃

㈡應用範圍：

1. 三歲以上幼兒。
2. 有關藝術類的活動。

㈢配合活動：

1. 教師教幼兒念「畫圖」的兒歌，並請幼兒說說看兒歌中的內容是什麼？
2. 教師準備一塊大棉布及顏料。
3. 請幼兒共同先製作一張與「畫圖」兒歌內容相關的設計圖。
4. 讓幼兒分組或輪流依設計圖內容，用手的各部位來畫圖。
5. 讓幼兒來欣賞，分享自己的成品。

㈣教學資源：

大棉布、顏料

㈤相關學習：

創造表現、空間概念

三、小蚼蟻會寫詩
Sió káu hiā ē siá si

小　蚼　蟻
Sió　káu　hiā

愛　寫　字
ài　siá　jī

有　時　仔
ū　sî　á

長　長　寫　一　字　「1」
tn̂g　tn̂g　siá　chi̍t　jī　it

有　時　仔
ū　sî　á

曲　曲　寫　一　字　「7」
khiau　khiau　siá　chi̍t　jī　chhit

有　時　仔
ū　sî　á

嘛　會　寫　A　B　C
mā　ē　siá

A　B　C
狗　咬　豬
káu　kā　ti

坐　飛　機
chē　hui　ki

看　天　星
khòaⁿ　thiⁿ　chhiⁿ

小　蚼　蟻
sió　káu　hiā

眞　得　意
chin　tek　ì

滿　面　笑　微　微
môa　bīn　chhiò　bî　bî

伊　講
i　kóng

人　我　嘛　會　寫　詩
lâng　góa　mā　ē　siá　si

人　我　嘛　會　寫　詩
lâng　góa　mā　ē　siá　si

㈠註解：（河洛語──國語）

1. 小蚼蟻(sió káu hiā) ──小螞蟻

2. 有時仔(ū sî á) ──有時候

3. 曲曲(khiau khiau) ──彎彎

4. 嘛會(mā ē) ──也會

5. 笑微微(chhiò bî bî) ──笑嘻嘻

6. 伊(i) ──牠

㈡應用範圍：

1. 四歲以上幼兒。

2. 有關昆蟲的單元或主題。

3. 有關認知和創造性的活動。

㈢配合活動：

1. 教師利用體能活動室器材，設計成一簡單障礙路線。例如：平衡木、彎路、小斜坡等。

2. 將幼兒分成二隊，於每隊前放置數塊大積木，每隊 2～3 人為一小組，合力抬大積木經過障礙路線，到達終點。

3. 每小組依序進行，到達之幼兒可將搬運過來的大積木堆疊起來，組合成作品。

4. 各隊輪流欣賞、分享作品。並念「小蚯蚓會寫詩」。

5. 教師拿出事先準備之圖卡，例如：阿拉伯數字、形狀、簡單圖案，讓各隊輪流抽卡片，各隊合力依照抽中之卡片內容，利用大積木組合成形。

㈣教學資源：

大積木、體能活動室、16 開圖卡數張

㈤相關學習：

大肌肉運動、人際關係、認知、創造

四、表演　畫展
Piáu　ián　　ōe　tián

阿　賢　阿　賢
A　hiân　a　hiân

愛　看　布　尫　仔　表　演
ài　khòaⁿ　pò͘　ang　á　piáu　ián

阿　燕　阿　燕
A　iàn　A　iàn

愛　看　畫　展
ài　khòaⁿ　ōe　tián

阿　賢　招　阿　燕
A　hiân　chio　A　iàn

去　看　布　尫　仔　表　演
khì　khòaⁿ　pò͘　ang　á　piáu　ián

阿　燕　招　阿　賢　去　看　畫　展
A　iàn　chio　A　hiân　khì　khòaⁿ　ōe　tián

也　去　看　表　演
iā　khì　khòaⁿ　piáu　ián

㈠註解：（河洛語——國語）

1. 布尫仔（pò͘ ang á）——布偶

2. 招（chio）——邀

㈡應用範圍：

1. 四歲以上幼兒。
2. 有關藝術的活動。
3. 有關展覽的活動。

㈢配合活動：

1. 參觀畫展或校園內懸掛的作品，和幼兒進行分享討論。
2. 利用厚紙做成大、小不一的畫框，可利用繩線、夾子……等，將畫框固定。
3. 請自願的幼兒到畫框後，利用肢體造型或教室內的實物做一幅畫，其餘幼兒來欣賞。
4. 讓幼兒每人製作一幅畫，材料方式不限定，教師將每幅畫製作畫框，和幼兒一同布置畫展會場。
5. 邀請別班參觀畫展。

㈣教學資源：

美術區材料

㈤相關學習：

藝術創造、身體感覺、觀察

五、音樂家　厝鳥仔
Im　gak　ka　chhù　chiáu　á

電　火　線
Tiān　hóe　sòaⁿ

一　隻　兩　隻　三　四　隻
chit　chiah　nng　chiah　saⁿ　sì　chiah

五　隻　六　隻　七　八　隻
gō·　chiah　lak　chiah　chhit　peh　chiah

厝　鳥　仔
chhù　chiáu　á

歇　落　去
hioh　loh　khì

你　較　過
Lí　khah　kòe

我　倚　來
góa　oá　lâi

To·-Le-Mi-Hoa-So·-La-Si

音　樂　家
im　gak　ka

阮　就　是
gún　chiū　sī

㈠註解：（河洛語──國語）

1. 厝鳥仔(chhù chiáu á) ──麻雀

2. 電火線(tiān hóe sòaⁿ) ──電線

3. 歇落去(hioh lòh khì) ──歇下去；停下去

4. 較過(khah kòe) ──過去一點

5. 倚來(oá lâi) ──靠過來

6. 阮(gún) ──我們

㈡應用範圍：

1. 四歲以上幼兒。

2. 有關鳥類的方案或單元。

3. 有關音樂律動的活動。

㈢配合活動：

1. 教師教念兒歌，並拍手搭配節奏。

2. 教師邀請一位自願的幼兒，用手配合兒歌節奏摸其他幼兒的頭，大家一起念「音樂家曆鳥仔」的兒歌。

3. 當兒歌念到「一隻兩隻……七八隻」時，被摸到頭的幼兒，就起身做鳥飛翔狀，待念至「歇落去」時，這些幼兒就地蹲下，兒歌繼續。

4. 兒歌念到To-Le-Mi-Hoa……Si時，全部幼兒以肢體表現鳥群慢慢往上飛翔狀；念到To-Si-La……Le時，再以肢體表現鳥群往下飛，然後停住休息。

5. 教師以有旋律的樂器，如鋼琴、木琴、鐵琴等，敲奏由低至高及由高至低的音階，可配合不同速度增加活動的變化。

6. 請幼兒分享聽到不同聲音時有什麼感覺？聽起來像在做什麼？可用什麼動作表現？

7. 幼兒隨著教師敲擊的節奏及旋律，做肢體的創作。

㈣**教學資源**：

　　各種打擊樂器

㈤**相關學習**：

　　節奏律動、身體感覺、語言溝通

貳、親子篇

我　的　房　間
Góa　ê　pâng　keng

我　的　房　間　眞　細　間
Góa　ê　pâng　keng　chin　sè　keng

毋　閣　有　山　嶺
m̄　koh　ū　soaⁿ　niá

我　的　房　間　眞　細　間
Góa　ê　pâng　keng　chin　sè　keng

毋　閣　有　海　湧
m̄　koh　ū　hái　éng

山　嶺　及　海　湧
Soaⁿ　niá　kap　hái　éng

原　來
goân　lâi

攏　是　我　畫　的　風　景
lóng　sī　góa　ōe　ê　hong　kéng

(一)註解：（河洛語──國語）

1. 細間 (sè keng) ──小間
2. 毋閣 (m̄ koh) ──不過
3. 海湧 (hái éng) ──海浪
4. 攏是 (lóng sī) ──都是

㈡活動過程：

1. 家長教幼兒一起念「我的房間」的童詩。

2. 全家一起觀賞家中每扇窗外的窗景，如天空、高樓大廈等，彼此聊聊看到的感覺。

3. 全家一起設計製作一幅窗外的景色，繪製完成後，再利用家中的材料，例如紙盒、紙箱、廢棄木條、鐵絲、碎布、水管……等，共同為這幅畫製作邊框或裝飾。

4. 全家一起選擇家中一個適合的地方懸掛這幅畫，共同欣賞。

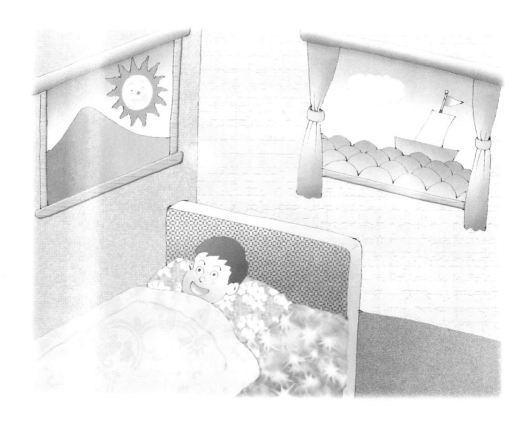

叁、補充參考資料

一、生活會話：

唱歌畫圖

媽媽：阿美，今仔日老師有教恁什麼無？

阿美：有喔！老師有教阮唱歌。

媽媽：老師教恁唱什麼歌？

阿美：唱「一隻細隻蚼蟻」。

媽媽：你會曉唱繪？

阿美：會喔，我這馬唱予媽媽聽。

　　　小蚼蟻⋯⋯

Chhiùⁿ koa ōe tô·

Ma ma：A bí，kin á ji̍t lāu su ū kà lín sím mih bô？

A bí：Ū o·！Lāu su ū kà gún chhiùⁿ koa。

Ma ma：Lāu su kà lín chhiùⁿ sím mih koa？

A bí：Chhiùⁿ「chi̍t chiah sè chiah káu hiā」。

Ma ma：Lí ē hiáu chhiùⁿ bē？

A bí：Ē o·，góa chit má chhiùⁿ hō· ma ma thiaⁿ。

　　　Sió káu hiā⋯⋯

二、參考語詞：（國語──河洛語）

1. 電影──電影；影戲(tiān iáⁿ; iáⁿ hì)
2. 電影院──電影院(tiān iáⁿ īⁿ)
3. 戲院──戲院；戲園(hì īⁿ; hì hn̂g)
4. 劇場──劇場(kio̍k tiûⁿ)
5. 歌仔戲──歌仔戲(koa á hì)
6. 布袋戲──布袋戲(pò· tē hì)
7. 傀儡戲──傀儡戲(ka lé hì)
8. 皮影戲──皮猴戲(phôe kâu hì)
9. 雜耍劇──把戲(pá hì)
10. 滑稽戲──小丑仔戲(siáu thiú á hì)
11. 民間樂隊──鼓吹隊(kó· chhoe tūi)
12. 說書──講古(kóng kó·)
13. 說書人──講古仙(kóng kó· sian)
14. 藝術──藝術(gē su̍t)
15. 音樂──音樂(im ga̍k)
16. 生角旦角──小生小旦(sió seng sió tòaⁿ)
17. 一齣戲──一棚戲(chi̍t pêⁿ hì)
18. 風琴──風琴(hong khîm)
19. 鋼琴──鋼琴(kǹg khîm)
20. 小提琴──小提琴(sió thê khîm)
21. 唱歌──唱歌(chhiùⁿ koa)
22. 畫圖──畫圖(ōe tô·)
23. 吟詩──吟詩(gîm si)

25. 詞——詞(sû)

26. 兒歌——囡仔歌(gín á koa)

27. 念謠——念謠(liām iâu)

28. 山歌——山歌(san ko)

29. 民謠——民謠(bîn iâu)

30. 相聲——答嘴鼓；盤嘴錦(tap chhùi kó͘; pôa^n chhùi gím)

31. 演戲——搬戲(poa^n hì)

32. 表演——表演(piáu ián)

33. 吹喇叭——歕鼓吹(pûn kó͘ chhoe)

三、謎語：

1. 頂無瓦，下無磚，新起大厝，無久長。

   Téng bô hiā, ē bô chng, sin khí tōa chhù, bô kú tîg。

   （猜演戲設備）

   答：戲棚

2. 遠看山有色，近聽水無聲，春去花猶在，人來鳥毋驚。

   Hīfg khòa^n soa^n ū sek, kīn khòa^n chúi bô sia^n, chhun khì hoe iû chāi, lâng lâi chiáu m̄ kia^n。

   （猜一種藝術品）

   答：風景圖

四、俗諺：

1. 歹戲拖棚。

   Pháiⁿ hì thoa pêⁿ。

   （不好看，爛戲，卻偏要拖時間。）

2. 戲棚跤徛久，就是你的。

   Hì pêⁿ kha khiā kú, chiū sī lí ê。

   （久居者能得之，有恒心者能得其願。）

3. 做戲的悾，看戲的戇。

   Chò hì ê khong, khòaⁿ hì ê gōng。

   （演戲者裝瘋賣傻，看戲的卻傻傻的被騙。）

4. 做戲的欲煞，看戲的毋煞。

   Chò hì ê beh soah, khòaⁿ hì ê m̄ soah。

   （主事者想停，旁人卻要繼續。）

5. 棚頂有彼款人，棚跤也有彼款人。

   Pêⁿ téng ū hit khóan lâng, pêⁿ kha iā ū hit khóan lâng。

   （人生如戲，戲裏有那種人，世上也有那種人。）

6. 畫虎無成，變成貓。

   Oē hó͘ bô sêng, piàn sêng niau。

   （做事沒有做好，做得不三不四，變成四不像。）

7. 畫一個空殼餅。

   Oē chi̍t ê khang khak piáⁿ。

（有名無實，畫餅充饑。）

8. 盡心唱，嫌無聲。

Chīn sim chhiùⁿ, hiâm bô siaⁿ。

（雖盡心做，卻尚嫌之。）

9. 誤戲，誤三牲。

Gō͘ hì, gō͘ sam seng。

（一事差錯，以致延誤他事。）

10. 老戲，跋落戲棚腳。

Lāu hì, poah loh hì pêⁿ kha。

（熟手，內行人也有失誤，失敗之時。）

11. 被內，臆旦。

Phōe lāi, ioh tòaⁿ。

（沒有看到實在的東西，亂猜。）

五、方言差異：

㈠方音差異

1. 詳細　siông sè/siông sòe
2. 畫圖　ōe tô͘/ūi tô͘
3. 雞　ke/koe
4. 鵝　gô/giâ
5. 葡萄　phû tô/phô tô

6. 星　chheⁿ/chhiⁿ

7. 電火線　tiān hóe sòaⁿ/tiān hé sòaⁿ

8. 過　kòe/kè

9. 阮　gún/ goán

10. 細間　sè keng/sòe keng

㈡語詞差異

1. 厝鳥仔　chhù chiáu á／厝角鳥仔　chhù kak chiáu á／粟鳥仔　chhek chiáu á

2. 冊　chheh／書　chu

六、異用漢字：

1. (chē) 濟／儕／多

2. (siōng) 上／尙

3. (tī) 佇／置／治……

4. (koh) 閣／擱

5. (lâng) 人／農／儂

6. (chhù) 厝／茨

7. (khah) 較／卡

8. (oá) 倚／偎

9. (ê) 的／个／兮

10. (m̄) 毋／怀／呿／唔／不

11. (kha) 腳／跤

12. (kap) 及／佮

主題十四
這隻兔仔（數的認知）

學習重點：

一、使用日常生活中的河洛語數詞及單位稱呼。

二、知道數、量、單位的意義及用法。

三、增進想像力及創造力。

四、發現數字關係中的節奏感。

壹、本文

一、一　條　歌
Chit　tiâu　koa

一　領　衫　紅　紅　紅
Chit　niá　saⁿ　âng　âng　âng

一　本　冊　重　重　重
chit　pún　chheh　tāng　tāng　tāng

一　條　索　仔　長　長　長
chit　tiâu　soh　á　tn̂g　tn̂g　tn̂g

一　個　枕　頭　軟　軟　軟
chit　ê　chím　thâu　nn̂g　nn̂g　nn̂g

一　蕊　紅　花　嬌　嬌　嬌
chit　lúi　âng　hoe　súi　súi　súi

一　隻　豬　仔　肥　肥　肥
chit　chiah　ti　á　pûi　pûi　pûi

一　雙　手　冷　吱　吱
Chit　siang　chhiú　léng　ki　ki

一　張　紙　薄　絲　絲
chit　tiuⁿ　chóa　poh　si　si

一　仙　娘　仔　肥　志　志
chit　sian　niû　á　pûi　chì　chì

一　粒　星　閃　閃　熠
chit　liap　chheⁿ　siám　siám　sih

今　年　寒　天　寒　gih gih
kin　nî　kôaⁿ　thiⁿ　kôaⁿ　gih　gih

我　的　嘴　唇　紅　記　記
góa　ê　chhùi　tûn　âng　kì　kì

㈠**註解：**（河洛語──國語）

1. 一領衫(chı̍t niá saⁿ) ──一件衣服

2. 冊(chheh) ──書

3. 索仔(soh á) ──繩子

4. 蕊(lúi) ──朵（花的量詞）

5. 媠(súi) ──漂亮

6. 豬仔(ti á) ──豬

7. 冷吱吱(léng ki ki) ──冷冰冰

8. 薄絲絲(po̍h si si) ──形容極薄狀

9. 一仙娘仔(chı̍t sian niû á) ──一隻蠶寶寶

10. 肥志志(pûi chì chì) ──形容極肥狀

11. 一粒星(chı̍t lia̍p chheⁿ) ──一顆星

12. 閃閃熠(siám siám sih) ──亮晶晶

13. 寒天(kôaⁿ thiⁿ) ──冬天

14. 寒gih gih(kôaⁿ gih gih) ──冷颼颼的

15. 紅記記(âng kì kì) ──形容極紅狀

㈡**應用範圍：**

1. 四歲以上幼兒。
2. 有關認知的主題。

㈢配合活動：

1. 教師用節奏響板幫幼兒念誦「一條歌」。念的時間不拘，排隊、休閒時均可，熟念「一條歌」。
2. 幼兒念熟後，教師在生活中適時請幼兒回答或完成一句話，譬如，教師問：「告訴大家有多少花，或多少衣服」等等，（幼兒必會用到單位名稱）
3. 教師問幼兒哪些東西的單位是「個」，「條」，「張」，「仙」，「粒」，幼兒思考生活中的例子。
4. 教師可以完成句子的方法，教幼兒用形容詞。
   如：「一條索仔長長長」
   　　「一蕊花紅紅紅」……等。

㈣教學資源：

教具、教室情境中的事物

㈤相關學習：

節奏、認知、語言溝通

二、阿　標
A　phiau

阿　標　阿　標，
A　phiau　A　phiau

透　早　食　水　餃，
thàu　chá　chiah　chúi　kiáu

半　晡　食　仙　草，
pòaⁿ　po͘　chiah　sian　chháu

中　晝　食　飯　包，
tiong　tàu　chiah　pn̄g　pau

下　晡　食　土　豆，
ē　po͘　chiah　thô͘　tāu

欲　暗　仔　食　麻　糍，
beh　àm　á　chiah　môa　láu

暗　時　食　割　包，
àm　sî　chiah　koah　pau

半　暝　閣　喝　腹　肚　枵。
pòaⁿ　mê　koh　hoah　pak　tó͘　iau

(一)註解：（河洛語──國語）

1. 透早(thàu chá) ──一大早
2. 食(chiah) ──吃
3. 半晡(pòaⁿ po͘) ──指上午
4. 中晝(tiong tàu) ──中午
5. 飯包(pn̄g pau) ──便當

6. 下晡(ē po͘)——下午

7. 土豆(tô͘ tāu)——花生

8. 欲暗仔(beh àm á)——傍晚

9. 麻糍(môa láu)——一種裹芝麻的食物

10. 暗時(àm sî)——晚上

11. 半暝(pòaⁿ mê)——半夜

12. 閣喝(koh hoah)——又喊；又叫

13. 腹肚枵(pak tó͘ iau)——肚子餓

㈡應用範圍：

1. 四歲以上幼兒。

2. 有關時間概念的主題或單元。

㈢配合活動：

1. 教師先將歌謠內容一句句以動作比劃出來，讓幼兒猜。

2. 請幼兒用河洛語分享他們的早、午、晚餐分別都吃些什麼（或用動作比出）？

3. 將「阿標」的名字改成幼兒的名字，將歌謠中提到的食物名稱轉換成幼兒所提出之食物，例：教師：「阿玲阿玲，透早食什麼？」幼兒：「阿玲阿玲，透早食米奶。」

4. 也可以將歌謠內容改編成幼兒一天的作息生活。
   例：「阿玲阿玲，透早去學校，半晡及老師去散步，中晝食菜頭……」

5. 幼兒分組將創作詩的意境畫下來，編成一本有故事性的小書，再請幼兒用河洛語將小書故事說出來。或請幼兒將一天的作息畫出來並以河洛語分享。

㈣**教學資源**：
　圖畫紙、色筆等美術區用品

㈤**相關學習**：
　語言溝通、創造

三、這隻兔仔
Chit chiah thò· á

這 隻 兔 仔 眞 無 閒，
Chit chiah thò· á chin bô êng

歸 工 跳 赡 停，
kui kang thiàu bē thêng

連 鞭 跳 這 旁，
liâm piⁿ thiàu chit pêng

連 鞭 跳 彼 旁，
liâm piⁿ thiàu hit pêng

連 鞭 跳 後 壁，
liâm piⁿ thiàu āu piah

連 鞭 跳 頭 前，
liâm piⁿ thiàu thâu chêng

跳 來 跳 去，
thiàu lâi thiàu khì

挵 著 樹 仔，
lòng tiȯh chhiū á

嘴 唇 煞 來 必 兩 旁。
chhùi tûn soah lâi pit nn̄g pêng

(一)註解：（河洛語──國語）

1. 無閒(bô êng) ──沒空，很忙的意思
2. 歸工(kui kang) ──整天
3. 赡(bē) ──不會

4. 連鞭(liâm piⁿ)　──一下子的意思

5. 這旁(chit pêng)　──這邊

6. 彼旁(hit pêng)　──那邊

7. 後壁(āu piah)　──後面

8. 頭前(thâu chêng)　──前面

9. 挵著樹仔(lòng tiòh chhiū á)　──撞到樹

10. 煞(soah)　──遂

11. 必(pit)　──裂

12. 兩旁(nn̄g pêng)　──兩半

㈡應用範圍：

1. 四歲以上幼兒。

2. 有關動物的單元或主題。

3. 有關日常生活中的安全教育。

4. 有關認知的活動。

㈢配合活動：

1. 教師扮兔媽媽，幼兒扮兔寶寶，由兔媽媽帶著兔寶寶一面念歌謠一面前後左右跳動。

2. 教師用膠帶在地上貼成格子狀或用數字墊讓兔寶寶在格子內跳躍，也可依兔媽媽的指令做方向的移動，格子內可標上數字或上下前後、東南西北等方位。

3. 將兔寶寶分組（兩人或數人一組），做跳遠、跳高比賽，並測

　　量其距離。

4. 請幼兒分享及討論：跳躍的感覺？像什麼？有什麼辦法可以跳得高、跳得遠？如果像兔寶寶那樣東跳西跳會發生什麼事？

㈣教學資源：

　　膠帶、海棉墊、寬廣的空間

㈤相關學習：

　　大肌肉運動、認知

四、攏是頭
Lóng sī thâu

天　頂　有　日　頭，
Thiⁿ　téng　ū　jit　thâu

土　脚　有　石　頭，
thô·　kha　ū　chioh　thâu

眠　床　有　枕　頭，
bîn　chhn̂g　ū　chím　thâu

桌　頂　有　罐　頭，
toh　téng　ū　koàn　thâu

灶　脚　有　碗　頭，
chàu　kha　ū　oáⁿ　thâu

園　裏　有　菜　頭，
hn̂g　nih　ū　chhài　thâu

嘛　有　葱　頭　及　蒜　頭，
mā　ū　chhang　thâu　kap　soàn　thâu

對　頭　到　尾　攏　是　頭。
tùi　thâu　kàu　bóe　lóng　sī　thâu

(一)註解：（河洛語——國語）

1. 攏是頭(lóng sī thâu)——全是頭

2. 天頂(thiⁿ téng)——天上

3. 日頭(jit thâu)——太陽

4. 土脚(thô· kha)——地上

5. 眠床(bîn chhn̂g)——床鋪

6. 桌頂(toh téng) ——桌子上

7. 灶腳(chàu kha) ——廚房

8. 碗頭(oá^n thâu) ——圓形的碗

9. 菜頭(chhài thâu) ——蘿蔔

10. 嘛(mā) ——也

11. 葱頭(chhang thâu) ——洋葱

12. 對頭到尾(tùi thâu kàu bóe) ——從頭到尾

㈡應用範圍：

1. 四歲以上幼兒。

2. 配合單元或方案中的認知活動。

3. 與日常生活相關之活動。

㈢配合活動：

1. 教師將歌謠中提到的物品先藏到教室的各處。讓幼兒找出河洛語中有「頭」的東西。

2. 找到後，讓幼兒討論這些物品的異同，亦可請幼兒用河洛語說出這些物品的用途或常會在那些地方出現？

3. 將這首歌謠慢慢組合出來，大家一起念誦「攏是頭」的歌謠。

4. 將幼兒以歌謠中所提到的物品名稱分組，進行「蘿蔔蹲」的遊戲。

5. 分享與他人合作的感覺。

㈣教學資源：

歌謠中提到的物品、寬廣的空間

㈤相關學習：

語言溝通、認知、社會情緒

五、碌叩馬
Lȯk khȯk bé

碌叩馬　騎咧走
Lȯk khȯk bé　khiâ leh cháu

騎到大門口
khiâ kàu tōa mn̂g kháu

騎到隔壁阿姨兜
khiâ kàu keh piah a î tau

阿姨請我食肉包
a î chhiáⁿ góa chiȧh bah pau

阿姨個兜一隻狗
a î in tau chit chiah káu

綴著碌叩馬
tòe tiȯh lȯk khȯk bé

一直齴齴哮
it tit ngauh ngauh háu

㈠註解：（河洛語──國語）

1. 碌叩馬(lȯk khȯk bé) ──── 搖搖馬

2. 騎咧(khiâ leh) ──── 騎著

3. 兜(tau) ──── 家

4. 食(chiȧh) ──── 吃

5. 個(in) ──── 他們

6. 綴著(tòe tiòh)────跟著

7. 齩齩哮(ngauh ngauh háu)────汪汪叫

㈡應用範圍：

1. 四歲以上幼兒。

2. 配合單元或方案中的認知活動。

3. 日常遊戲活動。

㈢配合活動：

1. 用河洛語說「天靈靈、地靈靈、我的法術上界靈」將幼兒變成一匹匹的小馬。

2. 魔法老師用河洛語念「碌叩馬」的童謠給小馬聽，一面聽一面隨魔法老師四處走動，老師停，小馬跟著停。

3. 魔法老師要將小馬變成大馬，和小馬討論如何將馬變大。例：二隻小馬可組合成一隻大馬。老師念魔咒時小馬須變大馬。童謠開始時大馬隨著「魔法老師」到處走動，教師問：「碌叩馬恁欲去叨位」，大馬答：「欲去隔壁阿姨兜」，教師就帶著「碌叩馬」去。

4. 魔法老師希望變出一匹超級大馬，魔咒起，全班一起變出一匹大馬。超級大馬隨童謠裡的四個方向走動，並發出叩叩聲。

5. 分享：跟別人合作的感覺？

　　　　你和別人意見不同時怎麼辦？用什麼辦法溝通？怎麼

樣跟別人合作才會走的穩，才不會跌倒受傷？

㈣教學資源：

短棒、樂器、紙、筆

㈤相關學習：

身體感覺、認知、社會情緒

六、走相逐
Cháu　sio　jiok

走　第　一　的　食　仙　草，
Cháu　tē　it　ê　chia̍h　sian　chháu

走　第　二　的　食　麻　糍，
cháu　tē　jī　ê　chia̍h　môa　láu

走　第　三　的　食　木　瓜，
cháu　tē　saⁿ　ê　chia̍h　bo̍k　koe

走　第　四　的　食　豆　花，
cháu　tē　sì　ê　chia̍h　tāu　hoe

走　第　五　的　食　李　仔，
cháu　tē　gō·　ê　chia̍h　lí　á

走　第　六　的　食　圓　仔，
cháu　tē　la̍k　ê　chia̍h　îⁿ　á

走　上　尾　的　予　人　觸　耳　仔。
cháu　siōng　bóe　ê　hō·　lâng　tiak　hīⁿ　á

㈠註解：（河洛語──國語）

1. 走相逐(cháu sio jiok) ──賽跑

2. 走(cháu) ──跑

3. 食(chia̍h) ──吃

4. 麻糍(môa láu) ──用芝麻裹著的食物

5. 李仔(lí á) ──李子

6. 圓仔(îⁿ á) ──湯圓

7. 上尾的(siōng bóe ê) ──最後的

8. 予人(hō͘ lâng) ——給人

9. 觸耳仔(tiak hī ᵃ) ——彈耳朵

(二)應用範圍：

1. 四歲以上幼兒。

2. 與順序或數量有關的方案或單元。

(三)配合活動：

1. 將幼兒分組，各組分別競賽，比比看誰跑最快。其餘幼兒當啦啦隊。並決定計時的方法和負責計分的幼兒。

2. 和幼兒討論，比賽第一者，可以獲得什麼？第二名可以獲得什麼？依此類推……到第六名。同時，也討論跑最後一名的又獲得什麼呢？（獲得之獎品，可讓幼兒自己選擇）

3. 先帶領幼兒念誦「走相逐」這首童謠。

4. 和幼兒分享跑第一名的感覺……及跑最後的心得？並鼓勵幼兒和自己比較進步的情形。

5. 也可以和幼兒進行過關的遊戲，於各關擺設詩歌中的食物，讓幼兒品嚐。

6. 請幼兒分享於各關中所品嚐之食物名稱，以河洛語說出。並說說看吃此食物的感覺。

㈣**教學資源**：

歌謠中的食物、寬廣的空間

㈤**相關學習**：

大肌肉運動、數字概念（順序、速度、比較）及語言溝通

七、一　尾　魚
Chit　bóe　hî

一　尾　魚　兩　隻　雞，
Chit　bóe　hî　nn̄g　chiah　koe

三　欉　樹　仔　四　蕊　花，
saⁿ　châng　chhiū　á　sì　lúi　hoe

五　粒　楊　桃　六　條　菜　瓜，
gō·　liạp　iûⁿ　thô　lạk　tiâu　chhài　koe

七　個　袋　仔　八　塊　粿，
chhit　ê　tē　á　peh　tè　kóe

九　枝　鉛　筆　十　本　冊。
káu　ki　iân　pit　chạp　pún　chheh

㈠註解：（河洛語──國語）

1. 欉（châng）──棵

2. 樹仔（chhiū á）──樹木

3. 蕊（lúi）──朵

4. 菜瓜（chhài koe）──絲瓜

5. 袋仔（tē á）──袋子

6. 粿（kóe）──糕餅

7. 冊（chheh）──書

㈡應用範圍：

1. 四歲以上幼兒。
2. 配合音樂、數量的主題、單元或活動。

㈢配合活動：

1. 教師扮演「阿媽」，教小朋友飾演小販，「阿媽」要到市場買東西，例如：我要買魚、雞、樹、花，幼兒用手的動作表示一、二等數量。
2. 「阿媽」邊念兒歌，邊要求其他幼兒用響板及三角鐵伴奏。
3. 「阿媽」念完後，和幼兒討論「阿媽」總共買了什麼東西？並請孩子數數種類有幾種，如「魚、雞、樹……」；以及數量各有多少，如「一尾魚、兩隻雞、三欉樹仔……」。
4. 再將這首詩歌配合節奏韻律，唱誦數次。教師和幼兒共同編創一首曲子，再配合歌謠唱誦。
5. 請幼兒找尋教室內的物品，然後再把數字加上物品及單位名稱。如一張紙、兩枝彩色筆、三件衣服……

㈣教學資源：

詩歌中提及之食物、樂器、響板、三角鐵、木魚等

㈤相關學習：

創造、語言溝通、認知

貳、親子篇

嬰 嬰 睏
E^n e^n khùn

嬰 嬰 睏，大 一 寸，
E^n e^n khùn tōa chit chhùn

嬰 嬰 惜，大 一 尺。
e^n e^n sioh tōa chit chhioh

量 看 覓，無 一 寸，
Niû khòa^n māi bô chit chhùn

躡 看 覓，無 一 尺。
nih khòa^n māi bô chit chhioh

阿 媽 看 見，嘴 仔 一 直 笑，
A má khòa^n kì^n chhùi á it tit chhiò

阿 毋 看 見，頭 仔 一 直 搖。
a bú khòa^n kì^n thâu á it tit iô

(一)註解：（河洛語──國語）

1. 嬰嬰睏(e^n e^n khùn) ──小寶貝，乖乖睡
2. 嬰嬰惜(e^n e^n sioh) ──小寶貝，媽疼你
3. 看覓(khòa^n māi) ──看看
4. 躡(nih) ──踮腳跟
5. 阿媽(a má) ──祖母
6. 嘴仔(chhùi á) ──嘴巴

7. 阿母(a bú) ──媽媽
8. 頭仔(thâu á) ──頭

___

㈡活動過程：

1. 請父母或祖父母抱著幼兒一起念這首兒歌，並請解釋這首兒歌的意思給幼兒聽。

2. 父母或祖父母分享幼兒剛出生時的心情和照顧嬰兒的情形。

叁、補充參考資料

一、生活會話：

念數字
老　師：小朋友，咱來念數字，綴老師講一。
小朋友：一。
老　師：一二三。
小朋友：一二三。
老　師：一二三四五。
小朋友：一二三四五。
老　師：一二三四五六七八九十。
小朋友：一二三四五六七八九十。
老　師：十九八七六五四三二一。
小朋友：十九八七六五四三二一。
老　師：會曉家己念獪？
小朋友：會曉，一二三四五六七八九十，十九八七六五四三二一。

Liām sò͘ jī

Lāu su：Sió pêng iú，lán lâi liām sò͘ jī，tòe lāu su kóng
　　　　chı̍t。
Sió pêng iú：Chı̍t。
Lāu su：Chı̍t nn̄g sa^n。

Sió pêng iú：Chit nn̄g saⁿ。

Lāu su：Chit nn̄g saⁿ sì gō·。

Sió pêng iú：Chit nn̄g saⁿ sì gō·。

Lāu su：Chit nn̄g saⁿ sì gō· la̍k chhit peh káu cha̍p。

Sió pêng iú：Chit nn̄g saⁿ sì gō· la̍k chhit peh káu cha̍p。

Lāu su：Cha̍p káu peh chhit la̍k gō· sì saⁿ nn̄g chit。

Sió pêng iú：Cha̍p káu peh chhit la̍k gō· sì saⁿ nn̄g chit。

Lāu su：Ē hiáu ka kī liām bē？

Sió pêng iú：Ē hiáu，chit nn̄g saⁿ sì gō· la̍k chhit peh káu
cha̍p，cha̍p káu peh chhit la̍k gō· sì saⁿ nn̄g
chit。

二、參考語詞：（國語——河洛語）

1. 一——一（chit）

　　一（it）（讀音）

2. 二——二（nn̄g）

　　二（jī）（讀音）

3. 三——三（saⁿ）

　　三（sam）（讀音）

4. 四——四（sì）

　　四（sù）（讀音）

5. 五——五（gō·）

　　五（ngó·）（讀音）

6. 六——六（la̍k）

六(lio̍k)(讀音)

7. 七──七(chhit)

8. 八──八(peh)

八(pat)(讀音)

9. 九──九(káu)

九(kiú)(讀音)

10. 十──十(cha̍p)

十(si̍p)(讀音)

11. ○──零(lêng)

○(khòng)

12. 百──百(pah)

13. 千──千(chheng)

14. 萬──萬(bān)

15. 億──億(ek)

16. 年──年(nî)

17. 月──月(goe̍h)

18. 日──日(ji̍t)

19. 星期──禮拜(lé pài)

20. 點──點(tiám)

21. 分──分(hun)

22. 秒──秒(bió)

23. 小時；鐘頭──點鐘(tiám cheng)

24. 今年──今年(kin nî)

25. 明年──明年(mê nî)

26. 後年──後年(āu nî)

27. 去年──舊年(kū nî)

28. 前年——存年(chûn nî)

29. 一月——一月(it goe̍h)

30. 二月——二月(jī goe̍h)

31. 星期一——拜一(pài it)

32. 星期二——拜二(pài jī)

33. 星期日——禮拜日(lé pài ji̍t)

34. 一點——一點(chi̍t tiám)

35. 十一點——十一點(cha̍p it tiám)

36. 十二點——十二點(cha̍p jī tiám)

37. 一小時——一點鐘(chi̍t tiám cheng)

38. 今天——今仔日(kin á ji̍t)

39. 明天——明仔載(bîn á chài)

40. 後天——後日(āu ji̍t)

41. 大後天——大後日(tōa āu ji̍t)

42. 昨天——昨昏(cha hng)

43. 前天——昨日(choh ji̍t)

44. 大前天——大昨日(tōa choh ji̍t)

45. 早上——早起(chái khí)

46. 上午——頂晡；上午(téng po͘; siōng ngó͘)

47. 中午——中晝(tiong tàu)

48. 下午——下晡；下午(ē po͘; hā ngó͘)

49. 傍晚——欲暗仔(beh àm á)

50. 今晚——下昏(ē hng)
　　　　　下暗(ē àm)

51. 一大早——透早(thàu chá)

52. 日夜——暝日(mê ji̍t)

53. 白天──日時(ji̍t sî)

54. 晚上──暝時；暗時(mê sî; àm sî)

55. 天亮──天光(thiⁿ kng)

56. 現在──這馬(chit má)

57. 從前──以早(í chá)

　　　　　以前(í chêng)

58. 明早──明仔早起(bîn á chái khí)

59. 明天中午──明仔中晝(bîn á tiong tàu)

60. 明晚──明仔暗(bîn á àm)

61. 昨天早上──昨昏早起(cha hng⟨chang⟩chái khí)

62. 昨天中午──昨昏中晝(cha hng⟨chang⟩tiong tàu)

63. 昨晚──昨昏暗(cha hng ⟨chang⟩ àm)

三、謎語：

1. 長丈三，短丈二，上長丈三，無丈四，中央舉葵扇。

   Tn̂g tn̄g saⁿ, té tn̄g jī, siōng tn̂g tn̄g saⁿ, bô tn̄g sì, tiong ng giȧh khôe sìⁿ。

   (猜時間單位)

   答：年

2. 長若弓，圓若斗，欲來初三四，欲走廿八、九。

   Tn̂g ná keng, îⁿ ná táu, beh lâi chhe saⁿ sì, beh cháu jī peh、káu。

   (猜自然界語詞)

   答：月娘（月亮）

3. 一日過了，剝一領，一年過了，剝甲無半領。

Chi̍t ji̍t kòe liáu, pak chi̍t niá, chi̍t nî kòe liáu, pak kah bô pòaⁿ niá。

（猜一種生活用品）

答：曆日（日曆）

4. 九橫六直，孔子公想三日。

Káu hoâiⁿ la̍k ti̍t, Kóng chú kong siūⁿ saⁿ ji̍t。

（猜一字）

答：晶

5. 你行一步，伊綴一步，你行百步，伊綴百步。

Lí kiâⁿ chi̍t pō·, i tòe chi̍t pō·, lí kiâⁿ pah pō·, i tòe pah pō·。

（猜一種行為的現象）

答：腳印

四、俗諺：

1. 一還一，二還二。

It hoān it, jī hoān jī。

（一就是一，二就是二，各有其份，不可紛亂。）

2. 三講，四毋著。

Saⁿ kóng, sì m̄ tio̍h。

（錯話連篇。）

3. 三年一閏，好歹照輪。

　　Saⁿ nî chi̍t jūn, hó pháiⁿ chiàu lûn。

　　（人的命運，好壞是會輪轉的。）

4. 有一好，無二好。

　　Ū chi̍t hó, bô nn̄g hó。

　　（福不雙全，不會都是好事。）

5. 百百頭。

　　Pah pah thâu。

　　（個個都想爭出頭。）

6. 有一著有二，有二著有三，無三不成禮。

　　Ū chi̍t tio̍h ū nn̄g, ū nn̄g tio̍h ū saⁿ, bô saⁿ put sêng lé。

　　（凡事，以一而再，再而三，爲禮。）

7. 一晃，過三冬。

　　Chi̍t hàiⁿ, kòe saⁿ tang。

　　（日子過得很快。）

8. 一時，難比一時。

　　Chi̍t sî, oh pí chi̍t sî。

　　（今非昔比。）

9. 一人，行一路。

　　Chi̍t lâng, kiâⁿ chi̍t lō͘。

　　（各走各的路，各行其是。）

10. 一孔，掠三尾。

    Chit khang, liah sa^n bóe。

    （喻機會好，運氣好。）

11. 七仔笑八仔。

    Chhit á, chhiò peh á。

    （五十步笑一百步。）

12. 三腳走，兩腳跳。

    Sa^n kha cháu, nñg kha thiàu。

    （高興時手舞足蹈。）

13. 半年，一千日。

    Pòa^n nî, chit chheng jit。

    （喻謂傻瓜，不知計算。）

14. 一日平安，一日福。

    Chit jit pêng an, chit jit hok。

    （一天平安，就是一天的福氣。）

15. 一丈，差九尺。

    Chit tñg, chha káu chhioh。

    （相差甚遠。）

五、方言差異：

㈠方音差異

1. 星　chheⁿ/chhiⁿ
2. 牛暝　pòaⁿ mê/pòaⁿ mî
3. 獪　bē/bōe
4. 尾　bóe/bé
5. 四界　sì kòe/sì kè
6. 阮　gún/goán
7. 雞　ke/koe
8. 粿　kóe/ké
9. 嬰　eⁿ/iⁿ

㈡語詞差異

1. 冊　chheh／書　chu
2. 歸工　kui kang／歸日　kui jit

六、異用漢字：

1. (ê) 個／个
2. (súi) 婿／水／嬌／美
3. (ê) 的／兮／个
4. (chhùi) 嘴／喙
5. (beh) 欲／卜／懍／要
6. (kui kang) 歸工／規工
7. (bē) 獪／袂／襪／昧

8. (hit)　彼／那

9. (pêng)　旁／爿／平

10. (thô͘ kha)　土腳／塗跤

11. (chàu)　灶／竈

12. (m̄)　毋／怀／不／唔

13. (sì kòe)　四界／四過

14. (tó ūi)　叨位／佗位

15. (siōng)　上／尙

16. (khòaⁿ māi)　看覓／看眛

主題十五
阿英彈鋼琴（音感學習）

學習重點：

一、用河洛語說出聲音的種類。

二、體會聲音所傳達的意思及感覺。

三、透過身體、動作，創作不同的聲音。

四、能發現日常生活中常聽見的聲音。

壹、本文

一、阮 哪 號 做 狗？
Gún ná hō chò káu

喵 喵 喵，
Miau miau miau

阮 予 人 叫 做 貓。
gún hō͘ lâng kiò chò niau

吱 吱 吱，
Chi chi chi

人 叫 阮 鳥 鼠。
lâng kiò gún niáu chhí

吼 吼 吼，
Hó͘ⁿ hó͘ⁿ hó͘ⁿ

阮 哪 號 做 狗？
gún ná hō chò káu

(一)註解：（河洛語──國語）

1. 喵喵喵(miau miau miau) ──貓叫聲

2. 阮(gún) ──我們

3. 予人(hō͘ lâng) ──被人

4. 吱吱吱(chi chi chi) ——老鼠叫聲

5. 鳥鼠(niáu chhí) ——老鼠

6. 吼吼吼(hó͘ⁿ hó͘ⁿ hó͘ⁿ) ——狗叫聲

7. 哪(ná) ——爲什麼

8. 號做(hō chò) ——叫做

㈡應用範圍：

1. 四歲以上幼兒。

2. 有關聲音的主題。

㈢配合活動：

1. 教師模仿動物叫聲，讓幼兒猜猜是哪一種動物。(鼓勵幼兒以河洛語作答)

2. 幼兒製作貓、狗……等面具數張，抽到一張戴上，學該動物叫聲，且用自己喜歡的聲音自我介紹「阮號做××」，練習「號做」之語調。

3. 教師帶幼兒念誦「阮哪號做狗？」。

㈣教學資源：

彩畫用具、厚紙卡

㈤相關學習：

語言溝通、認知、創造

二、即　呢　好　聽
Chiah　nih　hó　thiaⁿ

叮　叮　噹　噹，　叮　叮　噹　噹，
Tin　tin　tong　tong　　tin　tin　tong　tong

彼　是　什　麼　聲？
he　sī　sím　mih　siaⁿ

阿　英　彈　鋼　琴　。
A　eng　tôaⁿ　kǹg　khîm

叮　叮　噹　噹，　叮　叮　噹　噹，
Tin　tin　tong　tong　　tin　tin　tong　tong

阿　英　彈　鋼　琴　，
A　eng　tôaⁿ　kǹg　khîm

哪　會　即　呢　好　聽　！
ná　ē　chiah　nih　hó　thiaⁿ

㈠註解：（河洛語——國語）

1. 彼(he) ——那
2. 哪會(ná ē) ——爲什麼會
3. 即呢(chiah nih) ——這麼

㈡應用範圍：

1. 四歲以上幼兒。
2. 有關聲音或音樂的單元或方案。

(三)配合活動：

1. 透過假日生活分享討論在平日及假日中聽過那些好聽的聲音。譬如垃圾車的樂聲等。

2. 請幼兒猜這些聲音是那種樂器發出的？並和幼兒共同念誦此首兒歌。

3. 請幼兒模仿演奏樂器的聲音及動作，請其他幼兒猜一猜他在表演什麼？

4. 教師準備多首幼兒熟悉的曲子，讓幼兒模仿樂器的聲音及演奏的動作，並配合播放的曲子一同合奏，例：播放「小星星」的曲子讓幼兒配合模仿彈奏鋼琴（或其他樂器）。

5. 最後請幼兒模仿樂器的聲音做一個大合奏，幼兒可輪流當指揮，樂曲結束後亦可更換樂器。

(四)教學資源：

錄音機、CD、幼兒用樂器

(五)相關學習：

認知、音樂律動

三、刷　刷　刷
ㄙㄨㄚ　ㄙㄨㄚ　ㄙㄨㄚ

正　旁　「刷　刷」
Chiàn　pêng　ㄙㄨㄚ　ㄙㄨㄚ

倒　旁　「刷　刷」
tò　pêng　ㄙㄨㄚ　ㄙㄨㄚ

頂　頭　「刷　刷」
téng　thâu　ㄙㄨㄚ　ㄙㄨㄚ

下　脚　「刷　刷」
ē　kha　ㄙㄨㄚ　ㄙㄨㄚ

內　底　「刷　刷」
lāi　té　ㄙㄨㄚ　ㄙㄨㄚ

外　口　「刷　刷」
gōa　kháu　ㄙㄨㄚ　ㄙㄨㄚ

中　央　「刷　刷」
tiong　ng　ㄙㄨㄚ　ㄙㄨㄚ

「刷　刷　刷」
　ㄙㄨㄚ　ㄙㄨㄚ　ㄙㄨㄚ

「刷　刷　刷」
　ㄙㄨㄚ　ㄙㄨㄚ　ㄙㄨㄚ

嘴　齒　嘴　齒
chhùi　khí　chhùi　khí

「頂　呱　呱」
ㄉㄧㄥ³　ㄍㄨㄚ　ㄍㄨㄚ

(一)註解：（河洛語──國語）

1. 正旁(chiàⁿ pêng) ──右邊
2. 倒旁(tò pêng) ──左邊
3. 頂頭(téng thâu) ──上面
4. 下腳(ē kha) ──下面
5. 內底(lāi té) ──裡面
6. 外口(gōa kháu) ──外面
7. 嘴齒(chhùi khí) ──牙齒

(二)應用範圍：

1. 四歲以上幼兒。
2. 有關「聲音」的單元或主題念誦。
3. 有關衛生保健的相關單元或方案。
4. 生活常規。

(三)配合活動：

1. 請幼兒討論、分享，自己覺得「刷刷」到底會是什麼聲音呢？是刷牙、洗刷車子、刷衣服、洗地板、刷馬桶、刷皮鞋、刷鍋子，或是其他聲音？
2. 幼兒在地面上圍成圓圈，先徵求一個人出來當演員，第一回合先依童詩內容玩。

全部幼兒念：「正旁」刷刷

「倒旁」刷刷　此時當鬼的幼兒可

「頂頭」刷刷　以想像自己是個大

「下腳」刷刷　牙刷正用不同的動

「內底」刷刷　作在刷牙。

「外口」刷刷

「中央」刷刷

刷刷刷　刷刷刷　「嘴齒嘴齒」頂呱呱

此時除了演員之外其他幼兒都用肢體創作出牙齒造形。

3. 第二回合的變化玩法：演員先設計好要改變物品的聲音、名稱。但不說出來，全部人在念到：

「嘴齒嘴齒」頂呱呱

要注意演員的口令是變成什麼？

例如鍋子鍋子頂呱呱時，則每個人變出鍋子的形狀，或全體用肢體創作一個大鍋子。另外在聲音的改變上可以因物品不同而設計「刷刷」在詞及節奏上的創新。

㈣教學資源：

節奏樂器

㈤相關學習：

肢體感覺與情緒、語言溝通、認知

四、貓咪喵喵喵
Niau mi miau miau miau

貓 咪 喵 喵 喵 ，
Niau mi miau miau miau

狗 仔 嗷 嗷 嗷 ，
káu á ngauh ngauh ngauh

弟 弟 哇 哇 哭 ，
ti ti oa oa khàu

鳥 仔 啾 啾 哮 ，
chiáu á chiu chiu háu

羊 仔 咩 咩 四 界 走 ！
iûⁿ á me me sì kòe cháu

(一)註解：（河洛語──國語）

1. 貓咪(niau mi) ──小貓

2. 喵喵喵(miau miau miau) ──貓叫聲

3. 狗仔(káu á) ──小狗

4. 嗷(ngauh) ──狗吠聲

5. 鳥仔(chiáu á) ──小鳥

6. 啾啾哮(chiu chiu háu) ──鳥叫聲

7. 羊仔(iûⁿ á) ──小羊

8. 咩咩(me me) ──羊叫聲

9. 四界走(sì kòe cháu) ──到處跑

㈡應用範圍：

1. 四歲以上幼兒。
2. 有關聲音的單元、方案或活動。
3. 有關動物的單元或方案。

㈢配合活動：

1. 教師先和幼兒共同念誦歌謠。
2. 請幼兒選一種歌謠內最喜歡的叫聲，試著模仿，找尋與自己叫的聲音相同的友伴，成為一組。例：「喵喵喵」找「喵喵喵」，若「喵喵喵」遇到「啾啾哮」就得另外找同聲音的人。
3. 教師扮指揮家，若指到貓咪，貓咪組就要發出「喵喵喵」的聲音及貓的動作，指到其他動物亦是如此表現。指揮家可用指揮的次數表示動物叫聲、次數，指揮者可連續指揮不同動物，形成動物大合唱。
4. 動物的叫聲可先用錄音機錄下。配合歌謠內的動物，創作圖卡或頭套，後戴上。播放錄音帶，幼兒聽到是自己配帶的動物叫聲就用河洛語說出動物名稱，並用該動物的動作表演。
5. 可將這些道具、錄音帶放置語文區供幼兒自由使用。

㈣教學資源：

美勞區材料、錄音機、錄音帶、紙捲棒（指揮棒）

㈤相關學習：

認知、音樂律動、藝術

五、喇叭
Lah pah

喇 Lah	叭 pah	喇 lah	叭 pah	滴 tih	滴 tih	答 tah	，
拍 phah	鑼 lô	拍 phah	鼓 kó͘	咚 tong	咚 tong	喳 chha	！
樂 Gȧk	隊 tūi	演 ián	奏 chàu	眞 chin	鬧 lāu	熱 jiȧt	，
唱 chhiùⁿ	歌 koa	跳 thiàu	舞 bú	笑 chhiò	哈 ha	哈 ha	。

(一)註解：（河洛語──國語）

1. 滴滴答(tih tih tah)──吹喇叭聲

2. 拍鑼拍鼓(phah lô phah kó͘)──敲鑼打鼓

3. 咚咚喳(tong tong chha)──敲鑼鼓聲

4. 鬧熱(lāu jiȧt)──熱鬧

(二)應用範圍：

1. 五歲以上幼兒。

2. 配合與音樂或傳統戲曲相關的教學活動。

㈢配合活動：

1. 教師放一段歌仔戲影片給幼兒欣賞。

2. 討論：

   ⑴請問你聽到那些聲音？

   ⑵除了在歌仔戲裡聽到，還可以在那兒聽到？

   ⑶你聽到這些樂器的聲音，有何感覺？

3. 教師拿出三種樂器 —— 喇叭、鑼、鼓給小朋友看，並用河洛語念一次名稱。

4. 分組討論：

   ⑴將幼兒分成二組，當一組發出「滴滴答」的聲音時，另一組幼兒就須做出吹喇叭的動作。一組發出「哐」的聲音，另一組則做出敲鑼的動作。一組發出「咚咚」的聲音，另一組則做出敲鼓的動作。

   ⑵接著改為一組說出河洛語的樂器名稱，另一組幼兒模仿聲音。

5. 教師在後面奏某一種樂器，邊奏邊以河洛語念出整首兒歌，讓幼兒猜猜是那一種樂器，並說出河洛語名稱。答對後，再換一種樂器，也可請小朋友出來演奏。

6. 歌仔戲表演：

   ⑴將幼兒分成歌仔戲組與樂器合奏組。

   ⑵歌仔戲組的小朋友邊演邊配合節奏念出兒歌內容，再即興演出。

7. 分享活動。請幼兒說說那種聲音及樂器給他的感覺和聯想。

㈣教學資源：

喇叭、鑼、鼓三種樂器、歌仔戲錄影帶、字卡圖片、絲巾

㈤相關學習：

音樂及創造表現、肢體感覺與情緒

六、電話
Tiān ōe

Liang Liang Liang……
Liang Liang Liang

先 報 名 。
seng pò miâ

有 笑 嘛 有 聲 ，
Ū chhiò mā ū siaⁿ

可 惜 無 看 著 影 ！
khó sioh bô khòaⁿ tioh iáⁿ

(一)註解：（河洛語──國語）

1. liang──電話鈴聲

2. 嘛(mā) ──也

3. 無看著影(bô khòaⁿ tioh iáⁿ) ──見不到人影

(二)應用範圍：

1. 四歲以上幼兒。

2. 有關聲音的單元、方案或活動。

3. 有關於日常用品的單元或方案。

小蚼蟻會寫詩

㈢配合活動：

1. 教師說故事：有一天小英自己待在家裡，媽媽帶著弟弟去看病，說一個小時就回來了，小英幫忙看家並接聽電話，這一個小時內小英連續接了好幾通電話（老師示範幾個接電話的錯誤情況，例如：沒有禮貌、說話太大聲……並在接電話前念：Liang！Liang！Liang！先報名……），請幼兒輪流表達故事中錯誤或不恰當的部份，並說明原因。請老師帶領討論，讓幼兒自由發表。

2. 聽聽，這是誰的聲音？
   教師事先將家長、教師交談的聲音錄下來，播放給幼兒聽，教師說：「這是電話錄音，是誰在說話？」請幼兒猜，也描述聲音的特徵。

3. 猜猜我說什麼？
   請兩位幼兒一組，各站兩端，教師說：Liang！Liang！Liang！，兩人用比手劃腳的方式溝通，其他幼兒替他們解說。帶領幼兒念「電話」。

4. 請幼兒列舉生活中有那些東西發出的聲音和電話很像？

5. 利用錄音帶錄下不同聲響（例如：電鈴、手機、電話、鬧鐘……）。

6. 樂器敲擊：試試看那些樂器的聲音可以變成電話的聲音？

㈣教學資源：

「耳聰目明」教具、錄音機、電話道具

㈤相關學習：

社會情緒及語言溝通、認知、音樂、肢體感覺

七、動物的叫聲
Tōng　bu̍t　ê　kiò　siaⁿ

鴨　咪　仔　，　嘴　扁　扁　，
Ah　bi　á　　chhùi　píⁿ　píⁿ

咶　咶　咶　，　欲　飲　水　；
koa　koa　koa　　beh　lim　chúi

大　水　雞　，　嘴　潤　潤　，
Tōa　súi　ke　　chhùi　khoah　khoah

嘓　嘓　嘓　，　一　直　喝　；
kok　kok　kok　　it　ti̍t　hoah

火　雞　公　，　火　雞　母　，
Hóe　ke　kang　　hóe　ke　bú

歸　工　咕　嚕　咕　嚕　。
kui　kang　ku　lu　ku　lu

(一)註解：（河洛語──國語）

1. 鴨咪仔(ah bi á) ──小鴨子

2. 咶咶咶(koa koa koa) ──鴨叫聲

3. 欲(beh) ──要

4. 飲水(lim chúi) ──喝水

5. 水雞(súi ke) ──青蛙

6. 嘓嘓嘓(kok kok kok) ──田雞叫聲

7. 喝(hoah) ──喊叫

8. 火雞公(hóe ke kang) ──公火雞

9. 火雞母 (hóe ke bú) ——母火雞
10. 歸工 (kui kang) ——整天

㈡應用範圍：

1. 四歲以上幼兒。
2. 參觀動物園或畜養家禽相關的主題。

㈢配合活動：

1. 教師設計與快問快答類似之問答遊戲，由教師先出題如：「鴨咪仔」，幼兒需手比出「扁嘴」的樣子，以不出聲做回答為原則，看誰速度快又正確，依此，來回出題：「大水雞」，「火雞公」。
2. 再由幼兒出題，幼兒自己玩。
3. 交換題目：出題者出「嘴扁扁」，「嘴濶濶」……。
4. 再換題組：題目為動物叫聲。
5. 依此來回交換，不斷重複練習。
6. 利用數來寶的節奏，將兒歌念誦數次，可任意換節奏。
7. 教師提出「……嘴扁扁」「……嘴濶濶」的句型，請幼兒練習。
   例：「雞公嘴尖尖」、「豬仔嘴翹翹」……。
8. 教師鼓勵幼兒邊發表，邊自行設計動作模仿。

㈣教學資源：

節奏樂器

㈤相關學習：

認知、自然科學、遊戲

貳、親子篇

啥 人 在 叫
Siáⁿ　lâng　teh　kiò

A：阿　芳！阿　芳！
　　A　phang　　A　phang

B：是　啥　人　在　叫？
　　Sī　siáⁿ　lâng　teh　kiò

B：嘻　嘻！哈　哈
　　Hi　hi　　Ha　ha

A：是　啥　人　在　笑？
　　Sī　siáⁿ　lâng　teh　chhiò

B：注　意　聽，連　鞭　就　尋　著。
B　Chù　ì　thiaⁿ　liâm　piⁿ　chiū　chhōe　tio̍h

㈠**註解：（河洛語──國語）**

1. 啥人(siáⁿ lâng)──誰

2. 連鞭(liâm piⁿ)──馬上

3. 尋著(chhōe tio̍h)──找到

㈡活動過程：

1. 爸媽扮演Ａ（抓的人），小孩扮演Ｂ（躲的人）。爸媽向幼兒說明玩法：

   爸媽閉起眼睛，小孩找地方躲，過程中爸媽說「阿芳！阿芳！」，小孩則回答「是啥人在叫」，然後再發出笑的聲音，爸媽回答「是啥人在笑」，小孩邊躲邊說「注意聽，連鞭就尋著」（可將聲音放小），之後爸媽數１～10，後開始找小孩。

2. 找到孩子後可和孩子擁抱、稱讚他聲音好聽、很溫柔、變化很多、躲的很好等。

3. 可將「阿芳」改成小孩的名字，「嘻嘻、哈哈」改成其他聲音例如：動物「喵嗚、喵嗚」、「汪、汪」等等，亦可以改變聲調模仿「阿公」、「阿媽」的聲音。

4. 角色可互換，讓孩子依循聲音來源來找人，找到後抱抱孩子、親親孩子、讚美他哦！

叁、補充參考資料

一、生活會話：

什麼聲

阿惠：媽媽，彼是什麼聲？

媽媽：彼是風的聲。

阿惠：媽媽，彼是什麼聲？

媽媽：彼是落雨的聲。

……

媽媽：彼是什麼聲？

阿惠：彼是貓咪的聲。

媽媽：彼是什麼聲？

阿惠：彼是車的聲。

媽媽：什麼聲上好聽？

阿惠：媽媽的聲上好聽。

Sím mih sia^n

A hùi： Ma ma，he sī sím mih sia^n？

Ma Ma：He sī hong ê sia^n。

A hùi：Ma ma，he sī sím mih sia^n？

Ma ma：He sī lòh hō· ê sia^n。

……

Ma ma：He sī sím mih siaⁿ？

A hùi：He sī niau mi ê siaⁿ。

Ma ma：He sī sím mih siaⁿ？

A hùi：He sī chhia ê siaⁿ。

Ma ma：Sím mih siaⁿ siōng hó thiaⁿ？

A hùi：Ma ma ê siaⁿ siōng hó thiaⁿ。

二、參考語詞：（國語──河洛語）

1. 吱吱啾啾（鳥叫）—— chi chi chiu chiu （擬聲詞）

2. 金屬碰撞聲—— khin khin khong khong （擬聲詞）

3. 聲勢浩大（雷聲）—— pin pin piàng piàng （擬聲詞）

4. 話聲（小聲說話）—— chhi chhi chhu chhu （擬聲詞）

5. 吱吱唔唔—— thi thi thu thu （擬聲詞）

6. 抖動顫動聲（心跳）—— phi phi phok phok （擬聲詞）

7. 鈴聲—— lin lin liang liang （擬聲詞）

8. 硬東西碰撞擊（桌椅）—— khit khit khok khok （擬聲詞）

9. 軟東西摩擦聲（穿衣）—— si si sok sok （擬聲詞）

10. 桌椅搖晃聲—— iⁿ iⁿ oaiⁿ oaiⁿ （擬聲詞）

11. 下雨聲—— ti ti ta ta （擬聲詞）

12. 呻吟聲——(haiⁿ haiⁿ chhan)

13. 哭叫聲——咪咩哮(mih meh háu)

14. 笑呵呵——笑咳咳(chhiò hai hai)

15. 哀哀叫——哀哀叫(ai ai kiò)

16. 打呼聲—— kô^{.n} （擬聲詞）

17. 咻咻叫——hiu hiu叫(hiu hiu kiò) (風聲)

18. 喘吁吁——phi phe 喘(phi phe chhoán)

19. 敲門聲—— khok khok khok (擬聲詞)

20. 吹口哨聲——呼si si仔聲(kho· si si á sia^n)

21. 掌聲——phok á聲(phok á sia^n)

22. 狗叫聲——kai^n kai^{n}叫(kai^n kai^n kiò)

三、謎語：

I. 風來嘩嘩，雨來沙沙，穩痀的生百外。

Hong lâi hoa hoa, hō· lâi soa soa, ún ku ê se^n pah gōa。

(猜一種水果)

答：芎蕉 (香蕉)

2. 廣東是廣東，相拍扭頭鬃。

Kǹg tang sī kǹg tang, sio phah giú thâu chang。

(猜一種樂器)

答：鑱仔 (鈸)

3. 孔對孔，手摸孔，一個phi phe喘，一個hi he嗨。

Khang tùi khang, chhiú bong khang, chi̍t ê phi phe chhoán, chi̍t ê hi he chhan。

(猜一種樂器演奏)

答：歕吹(吹嗩吶)

四、俗諺：

1. 一雷，天下響。

   Chit lûi, thian hā hiáng。

   （一鳴驚天下。一舉成名天下知。）

2. 一犬吠影，百犬吠聲。

   Chit khián pūi iáⁿ, pah khián pūi siaⁿ。

   （一人傳虛，百人傳實。）

3. 人喝，綴人喝。

   Lâng hoah, tòe lâng hoah。

   （沒有主見，人喊，自己也喊。）

4. 家己開路，家己喝 i hō·。

   Ka kī khui lō·, ka kī hoah i hō·。

   （自彈自唱。）

5. 山頂無好叫，山腳無好應。

   Soaⁿ téng bô hó kiò, soaⁿ kha bô hó ìn。

   （人與人之間是彼此相應的，沒有好的對待，也就沒有好的回報。）

6. 會哀，猶會醫。

   Ē ai, iáu ē i。

   （會叫，還可以醫治，不叫就完了。）

7. 鼓無拍，𣍐響。

Kó͘ bô phah, bē hiáng。

（鼓不打，不響，事情不喧嚷就不能發揮效果。）

8. 鼓佇內，聲佇外。

Kó͘ tī lāi, siaⁿ tī gōa。

（喻事情易外漏。）

9. 銅鑼較拍，銅鑼聲。

Tâng lô khah phah, tâng lô siaⁿ。

（脫不了本來的面目、本質。）

10. 講甲好鑼好鼓。

Kóng kah hó lô hó kó͘。

（說得很好聽。胡說亂說。）

五、方言差異：

㈠方音差異

1. 阮　gún/goán
2. 叫做　kiò chò/kiò chòe
3. 鳥鼠　niáu chhí/niáu chhú
4. 什麼　sím mih/siám mih/saⁿ mih
5. 內底　lāi té/lāi tóe
6. 四界　sì kòe/sì kè
7. 水雞　súi ke/súi koe

8. 尋　chhōe/chhē

㈡語詞差異

1. 連鞭　liâm piⁿ／隨時　sûi sî／馬上　má siōng
2. 外口　gōa kháu／外面　gōa bīn
3. 歸工　kui kang／歸日　kui jit

六、異用漢字：

1. (hō͘)　予／乎
2. (lâng)　人／農／儂
3. (pêng)　旁／爿／平
4. (ē kha)　下腳／下跤
5. (chhùi)　嘴／喙
6. (sì kòe)　四界／四過
7. (beh)　欲／卜／要／懍
8. (lim)　飲／啉
9. (súi ke)　水雞／水蛙
10. (liâm piⁿ)　連鞭／黏邊
11. (chhōe)　尋／揣／撋／找
12. (teh)　在／塊

《小蚵蟻會寫詩》光碟曲目對照表

曲目	內　　容	曲目	內　　容
A1	主題十一　我有真濟好朋友（學校） 壹、本文 　　一、去學校	A18	一、童話冊
		A19	二、畫圖
		A20	三、小蚵蟻會寫詩
A2	二、朋友	A21	四、表演　畫展
A3	三、相看	A22	五、音樂家　厝鳥仔
A4	四、老師真疼我	A23	貳、親子篇－我的房間
A5	五、阿富畫圖	A24	參、補充參考資料
A6	六、撈樓仔	B1	主題十四　這隻兔仔（數的認知） 壹、本文 　　一、一條歌
A7	七、學飛		
A8	貳、親子篇－去讀冊		
A9	參、補充參考資料	B2	二、阿標
A10	主題十二　辦公伙仔（遊戲與健康） 壹、本文 　　一、疊柴角仔	B3	三、這隻兔仔
		B4	四、攏是頭
		B5	五、碌叩馬
A11	二、跳舞機	B6	六、走相逐
A12	三、A歕雞胿仔	B7	七、一尾魚
A13	B雞胿	B8	貳、親子篇－嬰嬰睏
A14	四、排火車	B9	參、補充參考資料
A15	五、辦公伙仔	B10	主題十五　阿英彈鋼琴（音感學習） 壹、本文 　　一、阮哪號做狗？
A16	貳、親子篇－唱歌顛倒反		
A17	參、補充參考資料		
A18	主題十三　小蚵蟻會寫詩（美感與創造） 壹、本文	B11	二、即呢好聽
		B12	三、刷刷刷

曲目	內　　　容
B13	四、貓咪喵喵喵
B14	五、喇叭
B15	六、電話
B16	七、動物的叫聲
B17	貳、親子篇– 啥人在叫
B18	參、補充參考資料

國家圖書館出版品預行編目資料

小蚯蟻會寫詩／方南強等編. -- 初版. -- 臺北市：
遠流, 2002 [民 91]
面； 公分 --（歡喜念歌詩；3）（鄉土教學‧
河洛語）

ISBN 957-32-4546-9（全套：平裝附光碟片）.
-- ISBN 957-32-4549-3（第 3 冊：平裝附光碟片）.

859.8   91000575

歡喜念歌詩 ❸-小蚯蟻會寫詩

指導委員◎方炎明　古國順　田英輝　李宏才　幸曼玲　林文律　林佩蓉
　　　　　唐德智　陳益興　許明珠　趙順文　蔡春美　蔡義雄　蘇秀花
編輯委員◎方南強（召集人，童詩寫作，日常會話及各類參考資源）
　　　　　漢菊德（編輯大意：教材意義、組織及其使用主筆，教學活動規劃、修編）
　　　　　王金選（童詩寫作）
　　　　　李素香（童詩寫作）
　　　　　林武憲（童詩寫作）
　　　　　陳恆嘉（童詩寫作）
　　　　　毛穎芝（教學活動）
　　　　　吳美慧（教學活動）
　　　　　陳晴鈴（教學活動）
　　　　　謝玲玲（美編、內文版型設計）
內文繪圖◎謝玲玲　林恆裕　楊巧巧　林俐萍　台北市民族國小美術班
封面繪圖◎張振松
封面構成◎黃馨玉
出　　版◎遠流出版事業股份有限公司‧正中書局股份有限公司
印　　刷◎寶得利紙品業有限公司

發 行 人◎王榮文
出版發行◎遠流出版事業股份有限公司
地　　址◎台北市汀州路三段184號7樓之5
電　　話◎(02)23651212
傳　　真◎(02)23657979
郵　　撥◎0189456-1

香港發行◎遠流（香港）出版公司
地　　址◎香港北角英皇道310號雲華大廈四樓505室
電　　話◎(852)25089048
傳　　真◎(852)25033258
香港售價◎港幣100元

著作權顧問◎蕭雄淋律師
法 律 顧 問◎王秀哲律師‧董安丹律師

2002年2月16日 初版一刷
行政院新聞局局版臺業字第1295號
售價◎300元（書+2CD）
如有缺頁或破損，請寄回更換
版權所有‧翻印必究　Printed in Taiwan
ISBN 957-32-4546-9（套）
ISBN 957-32-4549-3（第三冊）

YL一遠流博識網 http://www.ylib.com
E-mail:ylib@ylib.com

想像力與愛心的
兒童土地自覺及自信

新家園●繪本系列

淡江大學建築系主任　鄭晃二●策劃

---

1 城市庭園

文、圖／葛達・穆勒
譯／曹慧

　　小維和家人新搬到城市的一間房子來，最令人高興的是，還有一座大花園，甚至種著幾株老樹，雖然環境有些髒亂，但是他們相信有朝一日，這兒會是一座最美麗的「城市庭園」。

　　從園藝的歡樂中，開啟觀照周遭環境的視野，體驗大自然生生不息的奧妙，學習社區營造的第一步。

社區規劃師　謝慧娟推薦

定價280元

---

2 三隻小狼和大壞豬

文／尤金・崔維查
圖／海倫・奧森貝里
譯／曾陽晴

　　小狼為了建蓋一間舒適的房子，處心積慮的防禦大壞豬的破壞，一次又一次的失敗，最後終於讓他們找到了好辦法。

　　體會生活周遭的藝術和美感，以及環境影響人的行為與氣質的重要性，學習社區營造的第一步。

樂山文教基金會執行長　丘如華推薦

定價280元

---

3 橘色奇蹟

文、圖／丹尼・平克華特
譯／畢恆達

　　有一天，一隻冒失的鴿子銜著一桶油漆飛過梅豆立家上空，不小心在屋頂上留下了一個很大的橘色斑點，為他帶來了靈感，也影響了其他人，最後甚至改變了這條街。

　　每個人都有能力創造與改造空間，空間將因此越加豐富，大家也在參與中得到成長，學習社區營造的第一步。

國立台灣大學建築與城鄉研究所副教授
畢恆達推薦

定價240元

---

4 天堂島

文、圖／查爾斯・奇賓
譯／王淑宜

　　天堂島不是什麼名勝，但是亞當熱愛它。因為這裡住著他所認識的人們，不分職業、不論貧賤，彼此相知相惜，亞當衷心欣賞這些老鄰居，也一直慶幸有他們陪伴。直到有一天……

　　傾聽各種不同的聲音，尋找社區生活的價值，學習社區營造的第一步。

作家，新故鄉文教基金會董事長
廖嘉展推薦

定價260元

---

5 街道是大家的

文／庫路撒
圖／墨尼卡・多朋
譯／楊清芬

　　一個發生在南美洲委內瑞拉的真實故事。有一群小朋友因為居住的地方，連個遊戲、活動的區域都沒有，經過一連串的努力，他們終於喚起大人們的注意，而營造一個兒童們的遊戲場，最後變成了所有人共同的事。

　　即使是小朋友，對於自己的生活環境也可以有自己的主張，只有自己才能真正代表自己、爭取自己參與公共空間決定的權力，學習社區營造的第一步。

淡江大學建築系主任　鄭晃二推薦

定價280元